ストレイヤーズ・クロニクル
ACT-3

本多孝好

集英社文庫

ストレイヤーズ・クロニクル　ACT－3

ACT-3
CHARACTER LIST

荏碕昴……端整な風貌の青年。政治家・渡瀬浩一郎の下で働く。
玄馬沙耶……灰色の瞳の女子大生。鋭敏な聴力の持ち主。
秋山隆二……坊主頭の高校生。超人的な運動能力を持つ。
良介……引きこもり気味の中学生。特異な視覚記憶能力を持つ。
寛人……昴たちと同じ施設で育つ。「破綻」後、死亡。
亘……昴たちと同じ施設で育つ。渡瀬に囚われている。
渡瀬浩一郎……与党の政治家。防衛副大臣。
大曾根誠……大物政治家。防衛大臣。
小田桐……科学者。昴たちの出生に関わる。
荏碕孝夫……昴の養父。資産運用に長けたトレーダー。
井原卓……元自衛隊員を集めた警備会社・ガリソンの代表取締役。

武部……暗殺者。渡瀬から昴暗殺の依頼を受ける。
岬……荏碕家のお手伝いさん。
優実……岬の娘。

アゲハ

ヒデ……首にタトゥーがある青年。表皮の硬軟伸縮をコントロールできる。
静……オスを誘惑し、噛んで毒を注入できるクールな美女。
輝……腕に身体的特徴を持つ。
モモ……莫大な肺活量で、口から空気銃のように金属片を放てる。
碧……音波を発し状況を認知する能力がある。
壮……強靱な筋力と骨格を持つ少年。
学……車椅子に乗った少年。アゲハの中心的存在。

本作品は二〇一三年四月、集英社より刊行されました。
初出「小説すばる」二〇一二年五月～十一月号

本文デザイン　高橋健二（テラエンジン）

1

武部《たけべ》は二つのことが気に入らなかった。一つは報酬の額。

一億？

馬鹿《ばか》げていた。今時、たかだか人の命に一億もの値をつけるなど、狂気の沙汰《さた》だ。かつて、個人と利権が密接に結びついていた時代でさえ、その額に値する命はそうはなかっただろう。実際、その報酬は、これまで武部が受けてきた中でも、破格の値だった。そして今はもう時代が違う。利権は個人になど結びつかない。綺麗《きれい》で清潔なシステムの中で、手続きとともに生み出されていくものだ。

武部は気に入らないもう一つ、依頼人に目を向けた。

渡瀬《わたせ》浩一郎《こういちろう》。日の当たる場所にいる人間だ。それがどうして自分に仕事を依頼してくるのか、武部には合点がいかなかった。もしも自分との関係が何らかのきっかけで明らかになれば、それは渡瀬にとって致命傷になるはずだ。いや、自分の前に姿をさらす。それだけでも十二分にリスクは高い。自分が裏切ったら、渡瀬はどうするつもりなのか。

それはないと思っているのか。あるいはそうなっても打てる手はあるということか。

殺す？

武部はふっと笑った。気に入らなかった。気に入らない分、面白かった。

「それは」

君に仕事を頼みたい。報酬は一億。

そう切り出したきり武部の反応を見ていた渡瀬が、その笑みに口を開いた。

「話が通じたものと理解していいのかな？」

報酬を受けて人を殺す。その生業《なりわい》を認めるのか。渡瀬はそう聞いていた。

武部は黙って頷《うなず》いた。わずかに息を吐いた渡瀬が、まじまじと武部を見た。

「正直、意外だな」

今まで散々言われてきた言葉だった。言わなかった相手だって、腹の中ではそう思っていただろう。筋骨隆々とした若者でも想像するのか。

馬鹿な映画の見過ぎ。

武部はそう思う。暗殺者は用心棒ではない。兵隊でもない。屈強な肉体がいるわけでもなければ、特殊な技能がいるわけでもない。暗殺者に必要なものは忍耐力。それだけだ。どんな人間であれ、どんな環境であれ、一瞬たりとも隙のない時間が延々と続くわけがない。どんなに警備をしていても、どんなに用心をしていても、一瞬の隙というのは必ず生まれる。一日待って生まれなければ一週間。一週間待って生まれなければ一ヶ月。それでも駄目なら一年。ただ待ち続ければいい。そして見つけた一瞬の隙に、ナイフを刺してもいい。銃で撃ってもいい。毒を盛ってもいい。多少の機転は要求されるにせよ、暗殺に体術はいらない。筋力すらいらない。

渡瀬が写真を一枚、テーブルの上に置いた。青年の写真だった。

「これが相手だ。エザキスバル」

武部が手を伸ばさないのを見て、渡瀬が写真の上下を返し、さらに押し出した。綺麗な顔立ちの男だった。斜めに向けられた視線の先には誰《だれ》がいるのか。何があるのか。頰《ほお》は優しげに微笑《ほほえ》んでいたが、視線の中に笑みはなかった。

厄介な相手。

一瞬で、そう見て取った。視線には醒《さ》めた意思があった。自己と自己以外のものを等価に見ている人間の目だった。自己を愛していない人間は、欲望に溺《おぼ》れることがない。衝動に惑わされることもない。自己制御に秀でた人間ほど、やりにくい相手はない。

「ただし今ではない」と渡瀬は言った。「私が命じたときに、実行して欲しい」

思わずため息が漏れそうになった。

タイムリミットならば、まだいい。一ヶ月以内、半年以内と時間を区切られるのならば、やりにくくともやりようはある。けれど、自分が望むその瞬間に相手を殺せというのは、あまりに身勝手な依頼だ。そのとき、相手に隙がなければ、どうしろというのか。一億でも割に合わない。それなら、特攻精神に溢《あふ》れたそこらのチンピラでも雇ったほうがいい。長ドスでもマシンガンでも持たせて、自分が望むそのときに、行ってこい、と尻《しり》を蹴《け》り上げればいいのだ。

漏れそうになった本気のため息は押し殺し、相手に聞かせるためのため息をついた。十分に侮蔑《ぶべつ》はこもっていたはずだ。渡瀬の眉《まゆ》がひくりと動いた。

怒る？　ならば、話は決裂。この命、取れるものなら、取ってみればいい。それより前に必ず殺してやる。

けれど渡瀬は怒らなかった。武部をなだめるように手を振った。

「命じたときと言っても、もちろん、そのあとにある程度の余裕は取る。そのときまでに、きちんと相手を調べ上げておいて欲しい。実行までにどれくらい時間がかかるのか。それを把握しておいてくれればいい。無理はさせない。というより、してもらっては困る」

武部は渡瀬を見返した。思った以上に人の使い方を知っている。さすがは売り出し中の政治家だ。その手管でのし上がってきたのだろう。

「実行の指令が、一年先か、五年先かはわからない。もちろん、その間、君を拘束するつもりはない。他の仕事を受けてもらっても構わない」

申し分のない条件だった。

「手付けに一千万持ってきた」

テーブルの上の写真を取ると、渡瀬は同じ場所に紙袋を載せた。

「残りの前金、四千万はすぐに用意する。残金は仕事の完了を確認した時点で支払う。それでいいか？」

武部は頷いた。渡瀬が立ち上がった。そしてはじめて、武部の傍らに目を向けた。

「それは、邪魔にはならないのか？」

邪魔になるはずがない。これから時間をかけてじっくりと育てれば、おそらく最強の武器になる。

武部は黙って頷いた。

「そうか。よろしく頼む」

結局、武部は一言も口を開かないまま、報酬一億の仕事が契約されていた。

歩き去っていく渡瀬の背中を見えなくなるまで見送った。渡瀬が視界から消えた直後、小型犬の甲高い鳴き声が響き、武部は視線を移した。幹線道路から一本奥に入った場所にあるオープンカフェは、淡い木漏れ日に包まれている。近所の主婦なのだろう。少し離れた席で、似たような小型犬を連れた女が二人、座っていた。

「お代わりは、よろしいですか？」

近づいてきたウェイトレスに、いらないと手のひらを向けたのだが、彼女は歩みを止めなかった。武部の傍らに目をやって、かわいい、と目尻を下げている。放っておけば手を伸ばしそうだった。

「ありがとう」

にっこりと微笑むと、ウェイトレスが手を伸ばす前に、武部は伝票を手にして椅子《いす》から立ち上がった。まだ完成はしていないが、自分以外の人間には決して懐かないように仕込んであった。頭の弱そうな娘が猫なで声を上げながら無邪気に手を伸ばしてきたら、いったいどんな反応をするか、武部にもわからなかった。

「そうだ」

会計を済ませ、店を出て、街路樹に覆われた歩道をぶらぶらと歩き出しながら、武部は呟《つぶや》いた。

「そろそろ君にも名前をつけなきゃいけないね」

どんな名前がいいのか、木漏れ日の中を歩きながら武部は考え始めた。

高地の空気は薄い。普段ならば気にならない程度の違いだろうが、長距離を移動したあととあって、喉《のど》に薄い膜を張ったような息苦しさを覚える。意識していつもよりも深く呼吸をしながら、井原《いはら》は周囲の気配をうかがった。廊下の先に向かった部下の持つライトが、闇《やみ》の中を当てもなく漂っている。一応、探索を命じはしたが、探すまでもないのは明らかだった。建物には誰もいない。もぬけの殻だ。

井原は隣の荏碕昴《えざきすばる》に目をやった。半ばまでは車両だったが、標高二〇〇〇メートルを超えるここまで、残りを一気に踏破した。軽装備とはいえ、鍛練を積んだ兵士にとっても楽な行程ではない。けれど、昴はほとんど息を乱していなかった。その端整な顔立ちから感情は読み取れない。まるでこうなることを予想していたかのように静かな表情をしていた。窓辺に寄り、夜の闇を透かすように目を細めたあと、手にしていた銃をホルスターにしまった。手慣れた動作だった。実際、教えた井原が呆《あき》れるほどのわずかな練習量で、昴は拳銃《けんじゅう》を使いこなせるようになっていた。その動作に、構えるとか、狙うとかいう言葉はふさわしくない。昴はただ指すのだ。まるで指先で指し示すかのように、昴は銃を標的に向ける。同時に引き金を引く。すると、どんなに小さい標的でも、すでに決まっていた運命を具現するだけであるかのように、弾は易々《やすやす》と撃ち抜く。数キロの距離とライフルをもらえるなら話は別だが、数十メートルの距離と拳銃を平等に与えられたとき、今の昴に勝てる自信が井原にはまったくなかった。

耳に入れたレシーバーには、四階建てのコンクリートの建物に散った部下たちから、次々と報告が入ってきた。一階東棟、オールクリア。二階中央、オールクリア。他の場所も同様だった。簡素な隊舎だ。どこかに隠れているということもないだろう。

部下たちに順次の撤退を命じて無線を切り、井原は呟いた。

「漏れたか」

こちらの動きがどこかで漏れた。その穴のありかを考えるとき、個人で動いている昴より、組織を動かしている自分のほうが可能性は高いだろう。部下の数は十数人に減ったとはいえ、オペレーションの際には、まとまった弾薬も用意するし、食糧その他の装備も揃《そろ》える。その売買ルートのどこかから話が漏れたのかもしれない。そうでなくとも組織が動けば個人よりは目立つ。あくまで可能性に過ぎないにしても、井原にしてみれば、この場がもぬけの殻である責任が自分にあることを認めたつもりだった。けれど、昴は井原に目をやり、首を振った。

「いえ。予定通りの動きだったのかもしれません。渡瀬は定期的に亘《わたる》の身柄を移動させている。それもあり得ます」

「何のために？」

「逃亡される危険性は増えるが、奪取される危険性は減る。二つの危険性を秤《はかり》にかけたとき、移動させたほうがいいと判断しているということも考えられます」

表立ってはまだ、昴は渡瀬に弓引くような行為はしていない。それでも渡瀬は昴が亘の奪取に動く可能性を考えていた。昴と渡瀬との間には、もとよりそれくらいの緊張が横たわっているということだろう。

「ただ」

そう言って、昴は唇を噛《か》んだ。

「ただ？」と井原は先を促した。

「亘がここにいたのは間違いないんですね？」

井原は頷いた。亘と呼ばれる少年が、ここにいたことに間違いはないはずだった。陸自でもっとも標高の高い場所にある演習場の建物。演習場に常駐する部隊はなく、公文書上、この地での演習はもう何年も行われていない。その演習場に、いるはずのない部隊がいる。十数名の分隊らしいが、その作戦内容は『秘』扱いになっていて、はっきりわからない。それだけの情報を得るために、井原はずいぶんと金を使い、ときに危ない橋も渡った。

「そうですか」

言葉を濁した昴は、それきり黙り込んだ。

かつてともに暮らした、弟のような存在。亘について、それ以上のことは知らされていなかった。が、昴の仲間たちを思い浮かべたとき、亘というその少年もまた特殊な能力を持った人間であろうことは想像できた。

「どんな子なんだ？」と井原は聞いた。

「え？」

「亘くんというのは」

「ああ」

少し考えた昴は、やがて小さく微笑みながら答えた。

「意地っ張りで、寂しがり屋」

そういうことを聞いたわけではなかったが、昴も意識して答えをはぐらかしたわけではなさそうだった。昔の記憶を慈しむような微笑みだった。

「そうか」

井原は頷き、昴の肩を叩《たた》いた。

「引き揚げよう。亘くんの居場所は、必ず突き止めるよ」

「お願いします」

無言でもう一度、昴の肩を叩き、井原は歩き出した。


目を覚まし、ベッドから降りる。大きく首を回し、ゆっくりと腕も回した。昨夜の疲れは、体には残っていない。普段から井原に訓練をつけてもらっているおかげか。ただ亘を奪還できなかったダメージは胸の奥底に残っていた。昨夜の作戦が成功していれば、今、この家には亘がいるはずだった。

一つ伸びをしてから僕は窓辺へ行き、窓を開けた。まだ朝の九時前だというのに、生ぬるい風が頬を撫《な》でていった。終わったはずの夏が、未練がましく遠くから吹きかけている息吹のようだった。

犬の鳴き声に目をやると、うちの門の前で、隆二《りゅうじ》が黒い子犬をからかっていた。朝のトレーニングから帰ってきたところなのだろう。短髪に浮かんだ汗が、太陽の光を受けてきらきらと輝いていた。子犬は最近、近所に越してきた老人の飼い犬だ。散歩する姿を僕も何度か見かけたことがあった。子犬をからかった隆二は、リードを引く老人と一言二言言葉を交わしてから、門の中に入ってきた。窓から見ている僕に気づき、大きく手を振る。昨夜遅く戻った僕を明け方までなじり続けていたことなど、すっかり忘れているようだった。軽く手を上げてそれに応《こた》えると、僕は窓を閉めた。そのとき、門の前を通り過ぎた老人が、少し先でうちを振り返っていることに気づいた。庭の荒れ具合に呆れているのかもしれない。気の向いたときに手入れをしてはいるのだが、庭が広すぎて、なかなか素人の手には負えなかった。僕の視線に気づいた老人が、気まずそうな顔で会釈を寄越すと、犬を連れてそそくさと立ち去った。僕が自分の部屋を出て、階段を下りたところで、隆二が玄関から入ってきた。

「うちも、犬、飼わない？」

戻るついでに郵便受けから取ってきた新聞を差し出しながら、隆二が言った。新聞を受け取って、僕は頷いた。

「犬か。いいね」

「さっきの、あのちっこいの、あれ、シェパードだって。かわいくない？」

「シェパードか。子犬のときはいいけど、成犬になったら大きいだろ。もうちょっと小さいやつのほうがよくないか？」

「いいじゃない。うち、庭はでっかいし」

「まあ、考えておくよ」

「うん、考えといて」

犬を飼う。大学を卒業した沙耶《さや》も越してくる。この家に笑い声が増えるだろう。今よりもずっと。そして……亘。亘を渡瀬のもとから取り返す。

「僕らが調べた限りでは」

あの日、去り際に学《まなぶ》が言った言葉を思い出した。

「亘くんの破綻はすでに治っている。もう普通に生活できるまでになっているよ。今は渡瀬に監禁されているようだけれどね」

「嘘《うそ》だ」

僕は反射的にそう言い返していた。

「嘘じゃないよ」

学は呆れたように笑った。

「もっと大事な秘密を喋《しやべ》った僕が、こんなことで嘘をつく？」

その通りだった。

『僕は感染する』

それが学のすべてであり、アゲハの根幹だった。それをさらした学が亘のことで僕に嘘をつく理由など、何一つないはずだった。けれど、普通に生活できるまでになっているならば、なぜ亘が渡瀬のもとから逃げ出さないのか、わからなかった。昨夜、井原に話した通り、居場所を転々と移されているのなら、僕らの救出を待つまでもなく自力で逃げ出せていてもおかしくない。あるいは、そう試みたが失敗したのか。

「兄ちゃん」

シャワーに向かいかけた隆二が、僕を振り返った。

「昨日のこと。二度としないでよ。亘を助けに行くのなら、僕も行く。亘のことだけじゃない。危ないところへ行くなら、必ず僕も行く」

「悪かったよ」と僕は言った。「二度としない」

「約束だよ」

「約束だ」

うん、と頷くと、隆二はバスルームにつながる脱衣所へと入っていった。僕がふうと息を吐いた途端、玄関が開いた。

「嘘つき」

　軽く僕を睨みながら、沙耶が家に入ってきた。僕と隆二との会話はどこから聞こえていたのだろう。嘘じゃないよ、と反論しかけ、やめた。沙耶は身近な人間の嘘を聞き分ける。その精度は沙耶にとって近しい相手であるほど上がっていく。僕の嘘が沙耶に通じるわけがない。

「おはよう」と僕は仕方なく言った。「どうした?」

「どうしたって何よ。隆二から聞いたの。一人で勝手に動いたって?」

それで一言文句を言いに立ち寄ったということだろう。

「そのことについて、深夜から明け方まで三時間近く説教されたってほうは聞いてない?」と僕は言った。「くたくたで帰ってきたけど、寝るときには山登りで疲れたのか、隆二の説教で疲れたのか、わからないくらいだったよ」

「私や良介《りようすけ》は足手まといになるだけかもしれないけど、隆二は力になる。昴兄が一人で行くよりは、一緒のほうがマシなはず。どうして置いていくのよ」

「井原さんの部隊がいる。人手は足りてるよ」と僕は言った。「あれで結構、使えるんだ」

「株式会社ガリソン」

沙耶は鼻で笑った。

「これは家族の話よ。他人がしゃしゃり出てくる話じゃない」

「彼らは兵士だ」

「そうよ。他人で、兵士で、家族じゃない」

「だからだよ」

「だから、何よ？」

「だから、彼らは人を殺せる」

沙耶が言葉を呑《の》んだ。

「兵士だから、任務のために人を殺せる。他人だから、そこに感情はない。でも、隆二は違う。この件で、隆二が人を殺すことがあったとしたら、それは亘のためだ。亘のために隆二に人を殺させる。沙耶にその覚悟はある？」

沙耶は目を伏せた。やがて呟くようにぽそりと言った。

「そういう聞き方は、ずるい」

「わかってる。でもどういう聞き方をしたって、同じことだよ。俺《おれ》はまだ、隆二に人を殺させる覚悟ができてない。そういうこと」

うつむき、唇を噛んだ沙耶からの反論はなかった。

「コーヒー？」

持っていた新聞で、僕は沙耶の頭をぽんと叩いた。

「いい。私が淹《い》れる」

力なく言って僕を押しやり、沙耶はキッチンへ向かった。僕は食卓の椅子に座り、新聞を広げた。日本の安全保障に関して大曾根誠《おおそねまこと》防衛大臣の見解が載っていた。それについて、様々な論者が評論を試みていたが、僕はそのどれにも興味はなかった。僕が知りたいのは、大曾根誠防衛大臣の安全保障論について、渡瀬浩一郎防衛副大臣は何を考えているのか。それだけだった。

先の選挙が野党の圧勝に終わったことに、何の不思議もなかった。始まる前から、与党がどこで「負け止まる」かだけが話題になっていた選挙だ。だが、渡瀬が大臣として入閣しなかったのは、僕にとっても、大方の政治評論家にとっても、予想外だった。大曾根誠防衛大臣。渡瀬浩一郎防衛副大臣。日本の防衛のトップにこの二人が並んだとき、国民の多くはその体制を渡瀬の自己犠牲と見た。選挙前、与党を離れて、政権批判を始めた大曾根は、今回の大勝の立役者でもある。だから、彼が防衛大臣の椅子を望むのならば、党としてはその希望をかなえなければならない。ただ、タカ派の大曾根を防衛のトップに据えるとなると内外に不要な警戒感を招きかねない。そこで以前から大曾根とは不仲とされ、安全保障政策においても穏健派とされる渡瀬が副大臣を務めることで、防衛政策のバランスを図り、なおかつそれを内外にアピールする。そのための人事である。今回、閣僚就任を見送り、大曾根誠の蓋《ふた》となることで、渡瀬浩一郎は党から将来の重要ポストを約束された。それが世間のもっぱらの見方だった。けれど……。

沙耶がコーヒーを運んできて、僕は新聞を閉じた。

けれど、もちろん、そんなことはあり得ない。今、政権与党となった党内に、渡瀬に対抗できる勢力はない。表立ってはそうは見えないだろうが、裏から見れば、今の与党の最高実力者は渡瀬その人なのだ。本人がそう望むのなら、先月できあがったのは渡瀬浩一郎内閣であってもおかしくなかった。けれど、総理の座に就いたのは、渡瀬が眼中にすらおいていないような、ただ議員歴が長いだけの無能な老人だった。首根っこをつかんだ大曾根を看板にして、渡瀬は防衛省で何をするつもりなのか。防衛政務官には三《み》上淳一《かみじゅんいち》の名前もある。そこまで押さえているのならば、政治家だけでなく、背広組にも制服組にも、防衛省の要所には渡瀬の息がかかっていると見ていい。防衛省に少しでも理性と良心を備えた者が残っていれば、まるで古いタイプのSF小説を読んでいる気分になっただろう。ふと気づいてみれば、小さな町の住人の多くが、姿形はそのままにエイリアンに乗っ取られていた。

「渡瀬から連絡は？」

僕が脇《わき》に置いた新聞をちらりと見て沙耶が聞き、僕は首を振った。選挙期間に入って以降、渡瀬からの連絡は途絶えていた。選挙からその後に続く防衛副大臣への就任。それで忙しいのだろう。ただそれだけにも思えた。違う思惑があるようにも思えた。

「亘のことだけど」と沙耶が言った。「渡瀬を人質にして、亘の身柄と交換するのは？」

「無理だよ」と僕は首を振った。

「だよね」と沙耶も認めた。

縛り上げて、銃を突きつけ、亘を監視している誰かに連絡しろと脅したところで、笑い出すのがオチだろう。大あくびのあとに寝始めるかもしれない。それは拷問したところで同じことだ。渡瀬にとって亘が必要な存在である以上、渡瀬は亘を絶対に手放しはしない。そして僕らの利用価値がなくなったとき、渡瀬にとって亘は不要となる。渡瀬が亘を殺すのに、一瞬のためらいすらないだろう。渡瀬がまだ僕らを必要としている間に、僕は何としても亘を奪い返さなければならない。

「なるべく早く居場所を探り当てるよ。昨日の場所だって、ガセだったわけじゃない。もう少し早く踏み込んでいれば、亘がいたはずなんだ。大丈夫。また見つけ出すよ」

「そう。そうだよね」と沙耶は頷き、笑顔を見せた。「朝食、作るね」

「ああ。サンドイッチの材料が、冷蔵庫に入っているはず」

　お手伝いさんの岬《みさき》さんがやってくるのは十時くらいだが、その前日に、朝食の下準備はしておいてくれている。

「良介は？」

「まだ寝てる。起こしてくるよ。沙耶は今日は？」

「朝ご飯を食べたら、大学に。昴兄は？」

椅子から立ち上がり、特に予定はないと肩をすくめかけたところで携帯電話が鳴った。相手は井原だった。

「昨日の件はすまなかった。大丈夫か？」

「ええ。特に疲れは残っていません。何です？」

「大曾根誠が銃を欲しがっている」

「銃、ですか？」

「噂だ。自衛隊の制服組の一人に、大曾根誠が拳銃の入手を打診した。当然、彼は断ったが、噂が立った。新大臣は実はガンマニアで、一丁、数百万で銃を買うらしいと、制服組の間で冗談混じりに囁《ささや》かれている。どう思う？」

「案外、本当かもしれませんね」

背広組には渡瀬の息が広くかかっていると警戒したか。制服組の中で、渡瀬と遠そうな人間に話を持ちかけた。その話が漏れるということは、相手を選んでいる余裕が大曾根にはなかったということだろう。状況が切羽詰まっているのか、大曾根自身が錯乱しているのか、どちらかだ。どちらにしても、放っておくのは危険だ。

「どうする？」

「放っておくわけにもいきませんね。どうせ、近いうちに接触しようと思っていました」

「そうか」

僕は井原と手はずを話し合い、電話を切った。

「今日の予定は、大臣に面会、ね？」

つまみ食いしたキュウリをぽりぽりとかじりながら沙耶が僕を振り返り、その通り、と僕は肩をすくめた。


なぜ誰も気づかないのか。

衆院予算委員会の議場。渡瀬浩一郎の涼やかな答弁が続いていた。質問者は、先の選挙で野党に転がり落ちた、前防衛大臣。日本の安全保障について、大臣と副大臣との間にあるギャップを指摘し、その綻《ほころ》びを追及したかったのだろう。けれど、渡瀬は巧みに言葉を操りながら、易々とそれをかわす。前防衛大臣が悔しさを滲《にじ》ませた目で、渡瀬を睨みつけていた。そこまで自分を押し殺すのか。そう言いたいのだろう。内閣を支えるため、そこまで大曾根誠の意見に寄り添うのかと。けれど、それは違う。根本的に違うのだ。

席に戻った渡瀬と視線が合う。渡瀬が微《かす》かに笑う。笑みを返す。他にどうしようもない。渡瀬の目には、さぞかし腑《ふ》抜《ぬ》けた笑みに映るだろう。そう思いながらも、ただ笑い返すことしかできない。

質問が変わり、大曾根は手を挙げた。委員長に指名され、耳打ちしようとする背後の官僚を制して、立ち上がる。

最近のアジア情勢について、自らの現状認識を述べながら、大曾根誠はいっそ質問者の側に立ちたくなる。

渡瀬浩一郎防衛副大臣。あなたは、いったい何のためにその地位に就いたのですか。そう質問したい。答えなどなくともいい。これ以上、その疑問を押し殺すことに、沈黙を強いられることに、大曾根は耐えられなくなっていた。

何かを企《たくら》んでいる。何か、とてつもないことをあの男は企んでいる。与党も野党も関係ない。国益すらも関係ない。恐ろしい気配を感じる。その気配のもととなる実体が、ようとして見えない。つかめない。

委員会が終わり、予定していた会合が終わり、国会をあとにしても、渡瀬の幻影はつきまとう。車の後部座席に身を沈めながら、渡瀬の息づかいをすぐ横に感じることがあった。居合いをたしなむ大曾根にとって、その気は人が発するものには思えなかった。殺気などという言葉では生ぬるい。もっと禍々《まがまが》しい……そう……。

「妖気《ようき》だな」

ならば、あれは……。

「あれは、そうか、物《もの》の怪《け》か」

「はい？　何です？」

助手席から秘書が振り返った。運転席に座るＳＰも訝《いぶか》しげな視線をバックミラー越しに向けてきていた。

「何でもない」

大曾根はぞんざいに手を振った。夜の八時を過ぎ、すでに窓の外は暗くなっている。時折、ガラスに自分の顔が映った。大曾根にしてみれば、渡瀬の妖気を感じずに済んでいる人々がただうらやましかった。どうせ死ぬなら、怯《おび》えることも苦しむこともなく、楽に死にたい。そんな弱気と、そんな弱気を叱咤《しった》する意地の間で揺れているのが、今の大曾根だった。

文京区《ぶんきょう》にある古い低層マンションで、車は停《と》まった。そこに、もう三十年近く前から東京で使っている部屋があった。以前は女を住まわせていたこともあったが、最近ではそれもない。

「今日は一人にしてくれ」

一緒に降りようとした秘書に、大曾根は言った。

「しかし、それではご不便が……」

「構わん」

真意を覗《のぞ》き見ようとするかのような秘書の視線を外し、鞄《かばん》を手にして、大曾根は車を降りた。古いマンションにオートロックはないが、守衛をかねた管理人が交代で二十四時間常駐している。管理人室にいた顔見知りの管理人とガラス窓越しに視線を交えて軽く顎《あご》を引き、大曾根は自分の部屋へと向かった。玄関のドアに鍵《かぎ》を差し込み、回そうとして、ロックされていないことに気がついた。出たときには、鍵をかけたはずだ。忘れるような秘書ではない。

鞄をドアの脇に置いた。鍵をポケットに入れ、静かにノブを回し、慎重に玄関のドアを開けた。部屋に明かりはついていなかった。息を殺し、靴をはいたまま部屋にあがった。リビングに続くドアが開いている。気配をうかがいながら、リビングに入った。カーテンを引いていない窓ガラスから、遠くの外灯の光が入ってきていた。薄ぼんやりと照らされたテーブルの上に何かがあった。近づき、鼓動が速くなった。オートマチックの拳銃だった。手に取った。途端に声をかけられた。

「高いですよ」

振り返り、反射的に銃を構えた。いつの間にか、すぐ近くに男が立っていた。大曾根が反応するより先に、無造作に手を伸ばした男は、手のひらを銃口にぶつけてきた。

「お前か」

見覚えのある端整な顔に、大曾根は緊張を解いた。いつか福井の自宅に訪ねてきた青年だった。最初は刀。二度目は銃。この青年に、いつも自分は凶器を向けている。そう思うと、少しおかしかった。

「引いてみてください」

「何だと？」

「引き金です。引いてみてください」

大曾根は銃口に目をやった。押すように青年の手が当てられていた。

「右手に穴が開くぞ」

「開かないです。引き金は動きません」

確信に満ちた声だった。大曾根は引き金にかかった指に軽く力を込めた。が、青年の言う通り、引き金は動かなかった。もう少し強く力を込めてみたが、引き金が動く気配はなかった。

「安全装置か？」

「いえ。ロックはかかっていません」

体を回転させるのと同時に、銃口から銃身に手を滑らせ、気づいたときには青年は大曾根の手から銃を奪い取っていた。ぴたりと大曾根の眉間《みけん》に向けた銃の引き金を躊躇《ちゆうちよ》なく青年が引き、撃鉄の落ちる音が鳴った。その間、大曾根にできたのは、息を詰めていることだけだった。ガチャッという音に、大曾根は詰めていた息を吐いた。構えを解いて、青年が言った。

「そういう構造なんです。スライドを数センチ奥に押し込まれると、引き金が引けなくなる。欠陥とまでは言えませんが、それに限りなく近いクセです。世界で一千万丁以上出回っているポピュラーな銃なんですが、このクセについては意外に知られていません」

もっとも、と青年はにっこり笑って銃を持ち替えると、グリップのほうから大曾根に差し出した。

「偉そうに言ってますが、僕もつい最近、人から教わったんです」

「そうか」

大曾根は銃のグリップを握った。

「ただ、渡瀬は知っているでしょう」

大曾根は目を上げた。

「そういうことには変に抜かりのない男です。相手にするのなら、慎重に。それで、弾丸はどれくらいご入り用でしょう？」

半ば放るようにして銃をテーブルに戻し、大曾根は椅子を引いた。腰を下ろすと、思いがけないほど深いため息が口から漏れた。

「止めにきたのか？　私では渡瀬に勝てないと？」

「いえ」

テーブルを挟んで大曾根の正面に立ち、青年は首を振った。

「挑んでみるのならば止めはしません。渡瀬がどう動くのかにも興味があります。ただ、死にに行くのなら、何か遺言はないかと」

大曾根は笑った。苦い笑いではあったが、久しぶりに声を出して笑った気がした。

「何が知りたい？」

考えるように、少しの間天井を睨んだ青年が、やがて視線を戻した。

「防衛省を牛耳って、渡瀬は何をするつもりです？　第三次世界大戦を引き起こしたくらいではしゃぐほど、かわいい男じゃないことは知ってます。なぜ、防衛省なんです？」

「わからんよ」

大曾根は首を振った。

「わからん。実際、省内の要所は渡瀬に押さえられている。けれど、その要所に配置された人間だって、自分が何をやらされているのか、誰一人、理解していないだろう。私と同様にね。何がどうなっているのか、全体を理解しているのは渡瀬だけだ」

「逆に言うなら、渡瀬さえ殺せば一件落着。だから拳銃ということですか」

「間違っているか？」

「いえ」

青年は首を振った。

「他に質問は？」

「真幌岳《まほろだけ》の陸自の演習場。山頂付近に隊舎があります。ご存じですか？」

「いいや。それが?」

「つい最近、そこに分隊が駐留していたはずなんです。その分隊が今、どこにいるか」

「調べよう。連絡はどうすればいい?」

「こちらからうかがいますよ」

「名前くらいは教えてくれるか?」

「エザキスバル」

「スバルくんか。漢字か? ひらがな?」

「漢字です」

「いい名だ」

昴は軽く肩をすくめただけだった。

「私からも一つ聞いていいか?」

「何でしょう?」

「以前、渡瀬からアゲハの事件の隠蔽《いんぺい》を頼まれた。渡瀬とアゲハはどんな関係だ?」

「たとえて言うなら恋人同士みたいなものですよ」と昴は言った。「渡瀬はアゲハを捕まえたがっていて、アゲハは渡瀬を殺したがっている」

「それが恋人同士か?」

「互いを求める思いの強さは、ロミオとジュリエット並みです」

「なるほど」

大曾根は笑った。笑いながら、手を一度握って、開いた。その仕草を見ている昴の淡々とした視線を感じた。皺《しわ》だらけの老人の手だ。握力は若いころより格段に落ちただろう。それでも、まったくなくなったわけではない。若いころの自分と腕相撲をして勝てるとは思わないが、構えて、さあ、こいと吼《ほ》えるくらいの力はまだ残っているだろう。大曾根はもう一度手を握って、開き、最後に指を一本立てた。

「一発だ」

「何です？」

「弾丸だよ。一発でいい。一発で仕留められなければ、おそらく何十発撃っても同じことだろう。だから一発でいい」

昴が黙って弾丸を一発、ポケットから取り出した。老いた手のひらに弾丸を載せる。

「ご武運を」と昴が笑った。

「君もな」と大曾根も笑った。

笑みを交わし、同時に消した。昴がきびすを返し、部屋を出て行った。

コンクリートが打ち放しの室内に、明かりは灯《とも》っていない。南東に向いた一面が大きな窓ガラスになっていて、月明かりが差しこんでくる。おかげで、明かりをつけずとも視界はきく。東京から八〇キロほど離れたこの地は、地元自治体が熱心な誘致を重ねたおかげで、今や日本でも有数の研究都市の一つになっていた。窓の外に目をやれば、研究棟や実験設備を持つ、様々な研究施設が並んでいる。その隙間に目を凝らせば、湾の向こうの工場が夜の闇に浮かんでいる。無機質なその光景も、最近ではロマンチックともてはやされているらしい。夜、黙々と稼働する工場に震えるというのなら、人の心は肉体に見切りをつけて、宿るべき新たな対象を探し始めているのかもしれない。

男が一歩進んだ。女が腕を広げた。

碧《あおい》の立つ位置から見れば、二人がその夜景をバックに見つめ合っていることになる。

男がまた一歩進んだ。女が頷いた。

愛しているわけがない。それでも碧には、まるで静《しずか》がその男を愛し、慈しんでいるかのように見えてしまう。それは、男を懐深く招き寄せようとする優しげな腕の動きのせいか。あるいは男の目を覗き込み、その奥の心にまで寄り添おうとするような深く熱い眼差《まなざ》しのせいなのか。やがて男が静の胸に落ちる。静が男を抱く。愁うように瞼《まぶた》を閉じ、男の首筋に唇をつける。そして……静の腕の中をすり抜けるように男は崩れていった。犬歯に似た牙《きば》の先についた血が、静の唇の一点に朱を残す。それを細い指先で拭《ぬぐ》いながら、静が視線を上げて碧を見た。

「終了？」

何度見ても、その姿に見とれてしまう自分がおかしかった。我に返って、碧は周囲を音波で点検した。

「うん。終了」

何気なく頷いてから、静の言葉の中にあったニュアンスに気づき、碧は繰り返した。

「そう。終了だね」

言葉に感傷めいた響きが乗ったことを照れたのか。静が小さく微笑んで、碧に背を向けた。

「どいつに貼《は》る?」

シールを手にした輝《てる》が学を振り返り、どれでもいいよ、と学が気のなさそうな答えを返した。

碧は床に転がる四つの死体を見下ろした。仕上げに食べるつもりのイチゴを除けば、自分たちの作製にかかわった最後の関係者たちだった。だから、これで『終了』。

ヒデの指示に従い、壮《そう》とモモが部屋のあちこちに証拠を仕込んでいった。もっぱらデータ解析をするための部屋に、大がかりな実験設備はない。何台ものコンピューターとそれにつながるデジタル装置。素人がざっと見渡しただけでは、何の部屋なのか、判断することは難しいだろう。発生生物学や遺伝学の研究者たちが集まったラボ。警察やマスコミが四人の素性を調べれば、彼らが何の研究者であるのかを知ることは容易だろう。

けれど、その先まで知ることは、おそらくできない。たった四人の研究者のために、なぜここまで大きな施設が用意されているのか。この研究施設は、なぜ大部分が稼働していないのか。それがかつて稼働していたとき、ここでは何の研究が行われていたのか。維持費を提供している財団の金は、誰が拠出したものか。無理に知ろうとすれば、社会的生命を抹殺される。それでも先に進もうとすれば、物理的に生命を奪われるだろう。

「こんなところかな」

ヒデがいじっていたパソコンの電源を落とし、デスクから立ち上がった。

「今回は、戸惑うだろうね」と碧は言った。

ヒデが打ち込んだデータや、壮とモモが残した様々な証拠は、四人が倫理的に許されない実験を極秘裏に繰り返していたことを示唆していた。無論、表沙汰になれば、研究者として多くの非難を浴びただろう。けれど、その罪は、これまでのアゲハの標的たちが犯してきた罪とは異質だった。それまでは違法性に則して標的を選んでいたアゲハが、今回は倫理にまで踏み込んだことになる。社会は戸惑い、メディアでは滑稽《こっけい》な論争が巻き起こるだろう。

「そうだね。まあ、いい。どうせ、次が最後だ」

ケーキ本体は食べつくし、あとに残ったのは真っ赤なイチゴが一つきり。イチゴの名前は渡瀬浩一郎。

壮を先頭に、みんなが部屋を出ようと動き出した。地上三階、地下一階の建物の最上階に碧たちはいた。今いる部屋の向こうにもう一つ、同じような大きさの研究室があり、それを抜けると廊下につながるドアがある。廊下を右に進んでエレベーターに乗ってもいいし、そのすぐ脇にある階段を下りてもいい。逃げ隠れする必要はなかった。建物内にいる人間は、ここにくるまでにすべて殺してある。歩きながら碧は、無意識に進行方向へと音波を飛ばした。いつもの習性だった。

「待って」

みんなが足を止めた。碧はもう一度、音波を出した。たとえるならそれは、水面に網を打つ作業に似ていた。沈み込んだ網を引き上げて、どこまで細かな獲物を捕らえられるのかは、環境によって大きく変わってくる。コンクリートの建物の中は、碧が苦手とする環境だった。だからといってこんなに近づかれるまで気づかなかったのは、これまでにない失態だった。

いや、ともう一度音波を出しながら碧は考えた。自分の失態というより、相手の動きが機敏だということか。

網の中で魚たちが、素早くドア付近に取り付き、てきぱきとフォーメーションを整えた。

六人？　違う。これも、か。

「九人。三人ひと組が三組。部屋の向こうのドアを出た廊下にいる。体格からしてみんな男で、全員、自動小銃で武装している。暗視ゴーグルもかけているみたい」

「廊下で何をしているんだ？」とヒデが聞いた。

「ドアを出て、すぐ左のところにひと組。もうひと組はドアの真正面に。廊下を右に行った奥にもうひと組」

「突入にしては変な陣形だね」

学が言い、ヒデが頷いた。

「出てきたところを真正面の三人が自動小銃で撃ち殺す。三、四人は殺せるつもりなんですかね。ひるんだところで左の三人が部屋に入り、残りを皆殺し。右の奥の三人は、連絡係を兼ねたバックアップ要員でしょう」

「私たちが出て行くのを待ってるの？」と静が聞いた。

範囲を広げて再び飛ばした音波の網が、あり得ない動きを捉《とら》えた。廊下に気を取られすぎていたのか。窓の外、まるで巨大な蜘蛛《くも》が、三匹、屋上から糸を伝い降りて、今、突風にあおられたような……。

「いや、追い出すんだろう。突入部隊は……」

「窓」と振り返りながら碧が叫ぶのと、「こっちだね」と学が車椅子を回すのが同時だった。その瞬間、全面のガラスが激しい音を立てて割れた。夜景が崩れ落ちたように見えた。ガラスの破片とともに勢いよく飛び込んできた三人の男たちは、床に着地するのと同時に、腰につけていたワイヤーを手早く外し、自動小銃を乱射して、あわよくば何人かを殺す。少なくとも廊下のほうへ追い立てる。そのつもりだったのだろう。が、現実の彼らには、体勢を立て直す暇すらも与えられなかった。一人は着地する前にヒデに首を刎《は》ねられ、一人は着地と同時に壮に頭蓋《ずがい》を潰《つぶ》された。残った一人は、着地の直後に輝に足を払われ、床に這《は》わされていた。うつぶせの男の上に馬乗りになった輝は、頭と背中と首を手で押さえ、残った手で頬に銃を押しつけていた。男は二人の人間に組み伏せられていると思っているだろう。

すぐにボンというくぐもった爆発音が廊下のほうから聞こえた。音波を出すまでもなかった。獲物が出てこないと気づき、爆薬でドアを吹き飛ばして、外の部隊が入ってきたのだ。

「いる?」と組み伏せた男の頭の上に銃を当て直して輝が聞き、「いらないよ」と学が首を振った。

輝が引き金を引いた。次の瞬間、ドアが開き、武装した男たちが踏み込んできた。最初に目に飛び込んだのが、うつぶせで頭を撃たれた仲間とその上に馬乗りになる輝だったのだろう。輝が両手を上げ、手にしていた銃を床に落とした。さらしていないほうの手が、今し方、死体になったばかりの男の腰の辺りをさ迷っていた。碧からはその動きが見えるが、輝の体が邪魔になって男たちのほうからは見えないはずだ。両手を上げたまま、輝が死体の腰から取った手榴弾《しゅりゅうだん》のピンを抜き、放り投げた。部屋に入ってきていた部隊の男たち、六人が一瞬、気を取られた。両手を上げている人間がものを投げられるわけがない。そう思った彼らには、死んでいるように見えた仲間が実はまだ生きていて、自分たちに何かを投げて寄越した。そう見えたのだろう。碧たちが飛んで身を伏せた瞬間、爆音が響いていた。もうもうと立ちこめる煙の中、それでも瞬時に判断を下し、部屋から引いたのは見事だった。碧が音波を出すと、室内には、六人のうちの三人の体しか確認できなかった。二人は死んでいる。一人はまだ息があり、うめき声を上げていた。が、うるさいよ、という呟きと、鋭い風切り音のあと、息絶えた。モモの仕業だ。敵の残り三人は部屋のドア口までいったん引き、中の様子をうかがっている。バックアップの三人は、まだ廊下に控えているようだ。デスクの陰に隠れていた碧のもとに学を抱きかかえた輝がやってきた。ヒデたちはすでに次の狩りに向けて動いている。

　煙が収まり始めると、部屋の中にライトが向けられた。仲間の死体をいくつか確認し、しばらくさ迷ったライトが、横倒しになった学の車椅子を捉えた。学は爆発直前にヒデにのしかかるようにして押し倒され、硬化したヒデの体で庇《かば》われていた。傷一つないまま、碧と輝の間にいる。

「確認できません」

　わずかだが声が聞こえた。爆音で耳がおかしくなっているせいで、声が大きくなったのだろう。

これだけの騒動だ。やがて人がくる。彼らにしてみれば、突入後、おそらく数分で敵を殲滅《せんめつ》し、引き揚げるつもりだったのだろう。その予定が狂った。声の調子で、彼らの焦りが碧にも手に取るようにわかった。

「窓から逃げたか？」

さっきとは違う声が言った。

逃げる？

自分たちを殺そうとした相手を残して、私たちが逃げる？

碧と輝は堪えたが、学がぷっと噴き出した。腕を叩いた輝と、軽く睨んだ碧とに向けて一度ずつ、ごめん、ごめんと謝るように、学が片手を立てる。

「いるぞ」

「当たり前ですよ」

呆れたような響きは、学に聞かせるためだろう。声を出したヒデのいる地点に向かって、一斉に銃弾が襲いかかった。闇の中、尾を引いた光線が一点に集まる。その音に、バックアップの部隊が動き出した。廊下から、一人、また一人と隣の部屋に入ってくる様子が、碧の網にかかった。ヒデに向けられていた銃撃が、やがてやんだ。

「おや。ずいぶんひどい降りでしたが」

注意を引きつけるつもりだろう。ヒデが挑発した。

「やみましたかね。通り雨かな」

「撃て、撃て」

銃声が再び響き始めた。ヒデが銃弾を通さないスチールデスクか何かを盾にしていると思っているのだろう。その盾ごと吹き飛ばそうとでもするように弾丸を連射し続けていた自動小銃の銃音が、不意に二つ消えた。唯一続いていた銃声がやんだ。

「撃て。どう……」

した、と続けながら振り返った男は、背後の死体にようやく気がついた。もっとも、お互いの頭をぶつけて潰されたその二つの死体が、かつての自分の仲間たちだと認めるには、もう少し時間が必要だったろう。

「外の三人は終わったわよ」

「あー、静たん、今の言い方、ずるいよー。二人はモモたんがやったんだよ」

「うん、うん。えらい、えらい」

あっという間に隣の部屋での一仕事を終えた静とモモが、こちらの部屋に戻ってきた。二つの死体をまたぎ、堂々と目の前を横切っていく女たちを、男が茫然《ぼうぜん》と見送った。もう誰も身を隠してはいなかった。ヒデも壮も立ち上がって、服についた埃《ほこり》を払っていた。輝は学に手を貸して車椅子に座り直させている。最後に立ち上がった碧に、暗視ゴーグルを外した男がのろのろと目を向けた。

「聞きたいことがあります」

爆発で吹き飛んでいた椅子の中から使えそうな一つを選ぶと、ヒデが男に近づいて行った。一瞬、びくりとして自動小銃を構えかけた男は、すぐに上げかけた銃を下ろした。

「座ってください」

ヒデが置いた椅子に、男が座ることはなかった。そうですか、と頷いたヒデは、引き寄せた椅子をまたいで、逆に座ると、背もたれに両腕を置き、そこに頬を乗せるようにして男を見上げた。

「時間がないので、素直に答えてください。答えてくれれば、お礼に、楽に殺してあげます。あなたがたは何者です？　特殊急襲部隊《SAT》？　それとも自衛隊？　あるいは国家機関ではなく、私的機関でしょうか？」

「自分は……」

ヒデの前に直立する男は、そこで唇を一度舐《な》めた。

「自分は……」

男がまた神経質に唇を舐め、ぎゅっと目を閉じると、一息に言った。

「自分は、その質問に答える権限を与えられていない」

「なるほど」

背もたれから右腕だけを外すと、ヒデは下から振り上げた。ぎゃっ、と男が短く悲鳴を上げた。自動小銃に添えられていた男の右手の指が三本、切断されていた。いったん崩した体勢を即座に立て直した意地は褒めてやるべきか。

「タイプは似てるが、装備が違う。こっちのほうが充実している。あなたがたは国家機関で、あちらが国家機関崩れということですかね」

「あちら？」

男が痛みに顔をしかめながら聞き返した。その目が必死にヒデの右手に何かを探しているのが碧にもわかった。相手の手には何もないのに、自分の指が切断されている。そのことについて、納得のいく説明を探しているのだろう。

「いえ、いいんです。前にちょっと、行きずりで遊んだ人たちです。で、あなたがたも渡瀬の命令でここにやってきたということでいいんでしょうね？」

男が正面を向き、歯を食いしばった。新たにやってくる痛みを堪えるつもりか。ヒデが失笑した。

「我々がここにくることを渡瀬は知っていた。もう残りはこの四人だけですからね。四人を餌《えさ》にして、あなたたちに僕らを……」

言いかけて、あれ、とヒデが首をひねった。ヒデの視線が、碧の視線を捉えた。

「確かに」と碧は頷いた。「おかしいね」

「この人たちに僕らが殺せるわけはない。そもそも殺せちゃったら、渡瀬だって困るだろう？　それとも、困らないのかな？」

「困るでしょ」と碧は言った。「たぶん、困るんだと思うよ」

「だったら……」

なぜ、と言いかけて、ヒデが思い当たったようだ。ほとんど同時に、碧もそれに思いが至っていた。

「ああ、そういうことか。でも、何でだ？」

「さあ」と碧は言った。「その人に聞いてみたら？」

「そうだね」

ヒデは頷いて、再び男を見上げた。

「あなたがたが渡瀬に殺される理由は何です？」

男が口ごもり、困ったように碧に目をやった。碧が黙って見返すと、男がヒデに視線を戻した。

「質問の意味がわからない」

言って男はすぐに、半歩、身を引いた。

「いや、これは拒否じゃない。本当にわからない」

「あなたが所属していた部隊に、僕らを殺すことはできない。申し訳ありませんが、能力的に無理なんです。本気で僕らを殺すつもりなら、渡瀬はもっと高度な罠《わな》を張ったはずです。たとえば高性能な爆破装置を置いておくとか、もう少し互角にやれそうな違う部隊を派遣するとか。実際、渡瀬の手元にはそういう部隊もいますからね。でも、僕らがくるとわかっていたこの場所に、渡瀬はあなたがたを送り込んだ。なぜか。僕らにあなたがたを殺させるためですよ。他に答えはない」

「そんな……」

男が絶句した。

「ヒデ。急ごう」

学に言われ、そうですね、とヒデが頷いた。

「先に行っててください。すぐに行きます」

「必要あるのか？」と輝が聞いた。「渡瀬はどうせ殺すし、どうでもいいんじゃね？」

「わからない。が、ちょっと気になる」

「そうか。ま、考えるのは任せるわ」

輝が学の車椅子を押しながら、瓦礫《がれき》だらけの部屋を出て行った。静とモモが続き、壮もそのあとに続いた。特にどちらでもよさそうだったが、普段の役回りから考えれば残るべきかと、碧はその場にとどまった。

ヒデは男に視線を戻した。

「こちらとしても、渡瀬の思惑通りになるのは癪《しゃく》です。質問に答えてくれたら、命は助けます。あなただって、自分を殺そうとした渡瀬に、義理立てすることもないでしょう?」

男が揺れた。

死を覚悟している。命を賭けている。

口で言うのは簡単だ。思い込むのも簡単だ。が、現実にそういう場面に遭遇して助かる道を示されたとき、それを蹴れる人間は多くはない。

当然だ、と碧は思う。人は生にすがる。滑稽なまでにすがる。その執着が、碧の目にはいつも眩《まぶ》しい。

「副大臣が、自分たちを殺そうとしたというのは本当なのか?」

「それについては、あとで納得できるだけの説明をします。今は急ぐので、質問にだけ答えてください。渡瀬があなたがたを殺す理由。何か思い当たることはありますか?」

「人をかくまっていた。その口封じならあり得るかもしれない」

「人?」

「少年だ。二十歳より下。十八、九に見えた。彼を保護するのが、我々の隊の任務だった。彼が誰で、誰から保護するのかは知らされていなかった。半年ほどその任務に当たり、つい先月、任務が終了した。直後から、自分たちはここの監視を命じられた」

亘だ、と碧にはぴんときた。極秘に陸自の一分隊が亘を拘束しているという情報は、すでに碧たちもつかんでいたし、それについては学が昴にも伝えている。一分隊だけとはいえ、当時は野党の一党員に過ぎなかった渡瀬が兵団を動かせたということは、当時から自衛隊内に渡瀬のシンパが一定数はいたということだろう。

「任務が終了したとおっしゃいましたが、その後、少年はどうしたんでしょう？」

「副大臣に」と言ってから、男は言い直した。「渡瀬浩一郎に引き渡された。少年の保護が渡瀬の指示だったということは、そのとき初めて知った。その後のことは聞いてない」

「結構です」

ヒデが椅子から立ち上がり、碧のほうを向いた。ついでのようにすっと真横に右手を伸ばす。

「まったく、忌々《いまいま》しい男だよ」

伸ばした手の先からさらに伸びた爪《つめ》が、男の胸に深々と刺さっていた。ヒデが腕を引き、ずるりと爪が抜けた。噴き出した血をしまい直そうとするかのように胸に手を当てた男が、白目を剝《む》き、顎をのけぞらせながら膝《ひざ》をついた。

「思い通りになんて動いてやるもんかと思っても、結局、思い通りに動かざるを得ない」

クッと喉が鳴って、男の体が前のめりに床に倒れた。それきり動くことはなかった。

「しょうがないよ」と碧は言った。「アゲハの目撃者を作るわけにもいかないし」

「アゲハ、ね」とヒデは苦笑し、顎をしゃくった。「行こうか」

「証拠も何もあったもんじゃないね」

爆発で滅茶苦茶《めちゃくちゃ》になった部屋を見渡し、碧は言った。

「まあ、いいよ。どうでもいい。さっさと渡瀬を殺して、とっとと終わりにしよう」

頷き、部屋を出ようと歩き出したとき、爆風で飛んできたらしき紙を踏みつけた。月明かりに自分を示す文字が浮かんで見えた。

『HYB・GH／2045』

碧は足を止めた。身震いするようなおぞましさの中に、思いがけず懐かしさを感じて、かがみ込み、紙を手にした。何の気なしに飛ばし読みしてみると、どうやらそれは、「実験体」を「紛失」したあとに残された組織で行われた検証らしかった。興味を覚えて、頭から読み直してみた。最初は何のことかわからなかった。けれど、丁寧に読み進めていけば、わずかな一部と思しき一枚の紙からでも、レポートの全体像が浮かんできた。

「どうした？」

ヒデの怪訝《けげん》そうな声が聞こえたが、碧は紙から顔を上げることができなかった。ヒデが近づいてくる。隠さなきゃ。そう思う一方で、読み進めたいという欲求を止められない。ヒデが背後に回った。自分の肩越しに、文字を追い始めたのがわかった。ページの最後まで読み終えても、碧は動けなかった。

また自分か。

悔しくて涙が出そうになる。

今だって自分は、ただあちら側にいられないからこちら側にいることを許されている存在だ。みんなのように突出した能力があるわけでもない。学のように特異な運命を背負っているわけでもない。役立たずの能力しか持たない、中途半端なはぐれものだ。それなのに、この期に及んでまたのけ者か。

これを知ったらみんなはどう思うのだろう？　いや……。

碧は息を詰め、背後の様子をうかがった。

今、ヒデは何を思っているだろう？

やがてヒデも読み終えた気配がした。

「意外だったな」

軽い笑いを含んだヒデの声に、肩の力が抜けた。ヒデは問題にしていない。

「こんな追加レポートがあったなんてね」

「まったくだよね」と碧は頷いた。

「さあ、行こう」

ぽんと碧の背中を軽く叩いてから、ヒデが歩き出した。碧が指先で弾《はじ》いた紙切れは、割れたガラスから吹き込んできた夜風にひらりと舞って、建物の外へと消えていった。

ヒデに続いて部屋を出る前に、碧は後ろを振り返った。無数の死体。自分たちの後ろにあるのは、いつもそれだけだ。では、前には？　自分たちの未来にあるのは……。

わかりきっていた。自分たちの死体だ。そして一つの世界の終焉《しゅうえん》。

「どうかした？」

足を止めた碧をヒデが振り返っていた。

「ううん。何でもない」

できることならとどまっていたかったが、そうするわけにもいかなかった。碧は足早に部屋をあとにした。

本当に食えない男だ、と武部は思う。ターゲットの家のすぐ近くの路上で、渡瀬の車が停まっているのを見たときには、さすがに目を剝いた。渡瀬のほうは気にする風もなく、乗れと、運転席から手招きして寄越した。ここならば自分とコンタクトできることに間違いはないが、ラブレターを片手に思い人を通学路で待ち伏せる中学生じゃないのだ。こんなシーンをターゲットに見られたら、いったいどうするつもりなのか。

大胆に待ち伏せた割には、用件を切り出す様子もなく、渡瀬は先ほどから意味のない話を勝手に喋り続けていた。行く先々についてくる警備の人間について、警護なのか、監視なのかわからないとぼやいたあと、副大臣だからこれで済んでいるのかと思えば、まだ救われる、と一人で笑った。

「大曾根先生は大変だろうな。やはり、日本の防衛のトップともなれば、テロの標的になるおそれもあるだろうしな」

相づちを打つことすら無駄に思える話題だった。武部は助手席で正面を向き、フロントガラスとバックミラーに等分に注意を払いながら、すぐ真横にいる渡瀬浩一郎という男について考えていた。

食えない上に、理解しがたい男だった。

殺しの依頼には、大ざっぱに言って二つのタイプがある。誰かを殺すことによって何かを始めようとする場合と、同じことで何かを終わらせようとする場合と。自分が就きたいポジションにいる人間を殺したり、財産目当てに誰かを殺したりするような場合が前者。恨みや憎しみを晴らすために殺したり、口封じのために殺したりするような場合が後者。依頼主が、対象者が死んだ瞬間よりもあとの時間を重視しているか、前の時間を重視しているかの違いだ。普通、依頼を受ければ、それがどちらのタイプの依頼なのか、武部にはすぐにわかった。けれど、渡瀬の依頼はどちらなのか、まだ判断がついていなかった。見ているのは暗殺のあとの時間でありながら、その暗殺によって何かを終わらせようとしている。矛盾する二つが、渡瀬の世界の中では違和感なく共存しているように思えた。

いや、いっそ、と武部は考える。

渡瀬という巨大な矛盾の前に、すべての矛盾が意味をなくしていると見るべきか。

調子よく喋っていた渡瀬が不意に言葉を止めて、少し眉をひそめた。

「私は喋りすぎかな」

武部は黙って首を横に振った。

「なら、よかった。私は本来お喋りなんだよ。ただ、なかなか喋れる相手がいなくてね。喋れる相手が見つかると、うれしくてついいらないことまで喋ってしまう。この前のときも、そうだった。ついいらぬことまで喋ってしまってね。相手をひどく困惑させてしまった。まあ、ただ、もうそろそろ行かなくては」

そう促されたようだったので、武部は車から降りようと、ドアに手をかけた。

「ああ、そうだ」

渡瀬が車のエンジンをかけて、声を上げた。

「例の件、動いてくれていい」

武部は動きを止めた。

「少しばかり言葉を交わしたくらいで、まさか情を移したりしていないだろう?」

ドアに手をかけたまま、武部は無言で渡瀬を振り返った。目つきだけで、不快さは十分に伝わったはずだ。

「冗談だよ。特段、急ぎはしない。今日でもいいし、来週でも、来月でも構わない。来年ではちょっと遅すぎるが、安全と確実を期して、存分にやってくれ」

渡瀬は快活に言うと、片手を上げた。片手を上げて応じるのも馬鹿馬鹿しく、武部はただドアを開けて、車を降りた。ドアを閉めると、車はすぐに走り出した。

僕の家の前に車を停め、井原はサイドブレーキを上げた。僕はシートベルトを外して、後部座席においていたバッグを手にした。

「コーヒーでも飲んでいきますか？」

そう言った僕の顔をちらりと見て、井原は笑った。コーヒーか、と小さく呟く。

「何です？」

「君は普通に見えて困る」

「はい？」

「ついさっき、たった一人で四人の男を一蹴した姿を、この目で見ているのにね」

「一蹴？」

僕は笑って、少し顎を上げた。強烈な肘打ちを食らい、そこにはあざができていた。

「その程度ですら不覚だと言っては、彼らに失礼だ。陸自の中でも格闘術においては相当に優秀だった、プロの兵士だぞ」

それはそうなのかもしれない。けれど、アゲハを相手にしたときには、『その程度』

が命取りになるだろう。

「この前の話だが……」と井原が言った。

「この前?」

一瞬、考え、井原は首を振った。

「ああ、いや、何でもない。コーヒーはまたにしておこう。みんなによろしく伝えてくれ」

「わかりました」

「また連絡する」

井原の車が走り去るのを見送ってから、僕は家に戻った。玄関を入った途端、子供の甲高い笑い声が聞こえてきた。それに隆二の笑い声がかぶさっている。

「お帰りなさい」

リビングから、岬さんが迎えに出てきてくれた。

「優実《ゆみ》ちゃんですか?」

靴を脱ぎながら、僕は聞いた。

「ええ。母が今日はちょっと風邪気味で。午後に幼稚園に迎えに行かせていただきました」

普段は岬さんの母親が優実ちゃんの面倒を見ているという。初めて会ったときには年少さんだった優実ちゃんも、次の三月で卒園するはずだ。

「お母さん、大丈夫ですか？」

岬さんの母親は、父さんがまだ生きていたころ、この家のお手伝いさんとして働いてくれていた。旦那《だんな》さんが病気になって、一度は辞めたのだが、父さんが病気で長くないことを知ると、時折、この家にやってきて何くれとなく面倒を見てくれた。そのころ、父さんの財産はとうになくなり、僕は満足に謝礼すら渡せなかった。父さんが死んで、しばらく後、自分の娘が孫を連れて出戻ってきたので雇ってくれないかと連絡があった。それ以降、岬さんは母親のあとを継ぐような形で、この家にお手伝いさんとして通ってくれている。たまに岬さんから話は聞いているものの、岬さんの母親と直接言葉を交わしたのは、娘が孫を連れて出戻ってきたという話をした、その電話が最後だった。

「ええ。ただの軽い風邪ですから」

そう答えたところで気づいたようだ。僕の顎の辺りを見上げた岬さんは、ぎょっとしたように動きを止めた。

「ああ、ちょっとぶつけまして」

軽く笑いながら通り過ぎようとしたのだが、岬さんに強く手を握られた。動きそのものは予測できていたが、その手の思いがけない柔らかさに、僕は少し慌てた。沙耶以外の女性にこれほどはっきりと手を握られたのは、思えばずいぶん久しぶりだった。

「昴さん。ちょっとこっちにきてください」

リビングに向かおうとした僕の手を引くと、ずんずんと廊下を進み、岬さんは僕をバスルームのほうへ連れて行った。洗面所を兼ねた脱衣所に僕を押し込むと、閉めた戸を背にして、岬さんは僕を見上げた。しばらく無言で僕を見上げたあと、思い詰めたように口を開いた。

「昴さん」

「はい」と僕は言った。

沙耶以外の女性とここまで至近距離で見つめ合うのも、ずいぶん久しぶりだった。淡い香水が香った。三十代半ばになるはずだが、童顔と綺麗な肌のせいでずっと若く見える。

「昴さんが何をしているのか、私は知りませんし、これまで口を出すのも控えてきました。でも、最近はちょっと目に余ります。怪我《けが》、今回だけじゃないですよね？　前も足を引きずっていました」

「そうでしたっけ？」

笑って誤魔化《ごまか》そうとしたのだが、岬さんは少し潤んだ目で、いさめるように僕を睨んだ。

「脱いでください」

「は？」

「ズボン、脱いでください」

「え？　ズボン？」

「それとも私が脱がせましょうか？」

岬さんは本当に膝をついて、僕の腰に手を伸ばしてきた。

「ああ、いや」と僕は言った。「わかりました。自分でやります」

ベルトを外し、ジーンズを下ろした。岬さんが小さく息を呑むのがわかった。

「ただの打撲です。空手とか、柔道とか、格闘技系の部活をやっていれば、中高生だってこれくらいのあざは作ってきますよ」

「こんなに？」

岬さんが膝をついたまま、腰の高さから僕を見上げた。

「ああ、いや、数はちょっと多いかもしれませんけど、大きさとか、色味とかは、これくらいで普通です」

「痛むんですか？」

岬さんが太ももにあるあざの一つに手を伸ばした。

「もう痛みません。すぐにアイシングもしてますし」

別のあざにも指を伸ばした岬さんが、ため息をついて、手のひらを僕の太ももに当てた。岬さんにそんなつもりがあるわけもないが、僕にしてみれば、女性に肌を触られているのだ。居心地は悪かった。

「ここのところ、ちょっとトレーニングがきつかったのは確かです」

半歩下がって岬さんの手を外し、ジーンズを上げながら僕は言った。

「これからは気をつけます。大丈夫です」

「何をしてるんですって、聞きたいですけど、困らせるだけですよね。だから聞きません」と岬さんが立ち上がって言った。「でも、無理はしないでください」

「はい。しません」

僕が頷いたときだ。目を伏せた岬さんが、すっと倒れ込んできた。まさか避けるわけにもいかず、その肩を受け止めた。僕の胸に岬さんのおでこが当たっていた。背中に回された岬さんの手が、上から腰まで撫でるようにゆっくりと下りた。

「本当ですよ」

僕の胸におでこを預けたまま、囁くように岬さんが言った。涙を堪えるような声だった。

「はい」と僕はもう一度頷いた。

体を離した岬さんは、顔を上げることなく、脱衣所を出て行った。

すぐに出て行くのも気詰まりで、僕は意味もなく手と顔を入念に洗ってからリビングへと向かった。

隆二と良介がソファーに座っていた。そこが自分のソファーであるかのように、良介の膝の上に優実ちゃんがでんと座っていた。

「あ、お帰り」と隆二が言った。

「ねえ、ねえ、昴はどっちよ」

六歳になり、最近、やけにおしゃまな口をきくようになった優実ちゃんが、ちょっと鼻を膨らませながら僕を振り返った。

「何が、どっち？」

隆二の横に腰を下ろして、僕は聞いた。

「犬派か、猫派か」と隆二が言った。「僕と岬さんが犬派なのが許せないんだって」

「昴も犬？」と優実ちゃんは言い、勝手に頷いた。「うん。犬っぽい。昴は犬っぽい。良ちゃん、みんな犬だよ。昴も隆二もママも犬。猫は優実と良ちゃんだけ」

何だよ、喜んでるんじゃないか、という目で僕は隆二を見た。そういうこと、という目で隆二が僕を見返した。以前から口にしている、「良ちゃんのお嫁さんになる」という宣言を、優実ちゃんは今のところまだ撤回する気はないようだ。

「良ちゃんだけって、良介さんがどっちか、聞いていないでしょ？」

トレイにコーヒーカップを載せて、岬さんがキッチンからやってきた。

「あ、コーヒーでよかったですか？」

「ああ、はい。ありがとうございます」

聞いた岬さんの声は少しぎこちなく、答えた僕の声は少しよそよそしかったと思う。沙耶がいないときでよかった。いれば、容赦なく追及されていただろう。

岬さんがカップを僕の前に置き、良介の隣に座った。テーブルにはクッキーの載った皿がすでにある。岬さんが焼いたものだろう。

「聞かなくたって、わかるもん。良ちゃんは猫よね？」

膝の上から振り返られ、良介が慌てて頷いた。

もう、と優実ちゃんに呆れた顔を見せ、ごめんなさいね、と岬さんは良介に頭を下げた。

「ごめんなさいじゃない。本当に猫だもんね？　ね？」

「うん。本当に」

コクコクと頷きながら、良介が声を出した。隆二がクッキーに伸ばしかけていた手を止めて良介を見た。僕もぽかんと良介の顔を見てしまった。途端に困った顔になって、良介は小さく言った。

「猫、だよ」

「ほらあ」と優実ちゃんがまた鼻を膨らませた。

良介は僕や隆二や沙耶以外の人と口をきくことはない。岬さんとは挨拶《あいさつ》くらいなら交わせるようになったが、それだってずいぶん時間が経《た》ってからだ。優実ちゃんがこの家にくるのはせいぜい月に一、二度。良介からすれば、驚くほど短い期間で口をきいたことになる。

「ああ、いや、それで」と僕はなるべく自然に会話を続けようと試みた。「どうしてそんな話に？」

「ああ、うん。さっきちょっと」と改めてクッキーをつまみながら、隆二も調子を合わせた。「ほら、最近、近所に越してきたお爺《じい》さんのシェパード。あれがうちに入ってきちゃって」

「うちに？」

「ああ、私が悪いんです」と岬さんが言った。「玄関で何かがさごそ音がするんで、何だろうと思ってドアを開けたら、子犬が飛び込んできて」

「散歩をしてたら、お爺さん、気分が悪くなったらしくてさ。しゃがみ込んだら、犬が駆け出しちゃって。リードをつかんでいられなかったみたい。すっごい謝ってた」

クッキーを食べながら、隆二が言った。

「怖かったの。ギャウッて飛びかかってきて。良ちゃんが助けてくれなかったら、きっとあの犬、優実を食べてた」

「ええっと」

どこを聞き質《ただ》すべきかで迷って、僕は口ごもった。

「ああ、うん。あれはきっと、僕に知らせにきたんだと思うよ」と隆二が言った。「ご主人様が倒れたから、助けにきてくれって。ほら、僕とは何度か遊んでいるし、この家に住んでるのも知ってるし」

「隆二に向かって駆けてきたんだけど、優実ちゃんに襲いかかるみたいになっちゃって、それを良介が、ああ、助けたって言った？」

　優実ちゃんが深々と頷いた。

「ベシッて。イチゲキ」

　良介の膝に座ったまま、勢いよく左足を虚空に蹴り上げる。

「ああ、そう」と僕は言った。

「うん、まあ」と隆二は言った。「良介が蹴ったっていうか、そこにあった良介の足に子犬が勝手につまずいたっていうか」

「ああ、なるほど」と僕は頷いた。「で、その飼い主は大丈夫だったのか？」

「うん。僕がアタリメを抱いて戻ったときには、もう気分も治ってたみたい。送っていくって言ったんだけど、大丈夫だからって。すたすた歩いてたから、本当に大丈夫なんだと思うよ」

「アタリメ？」

「犬の名前。好きなんだって」

「シェパードが？　あたりめを食べるのか？」

「いやいや、お爺さんが。自分の好物があたりめだから、犬の名前につけたんだって」

「ああ」と僕は頷いた。「それで、あのお爺さんは？」

「え？」

「名前」

「う。それ、聞いてない」

おお、今まで気づかなかった、と頭を抱えながら、隆二が笑った。

その隣では、猫ならやっぱり白よね、と優実ちゃんが言い、良介がコクコクと頷いていた。いやいや、猫なら黒でしょ、と隆二がすかさず口を挟んだ。だってかっこいいもん、と言う隆二に、白のほうがかっこいい、と優実ちゃんが反論した。隆二、ゼンゼン駄目、と優実ちゃんが決めつけた。良介がまたコクコクと頷き、そこも頷くのかよ、と隆二が笑った。

岬さんが焼いたクッキーを頰張りながら、僕はさっきの井原の言葉を思い出していた。君は普通に見えて困る。

それはきっと、良介や隆二や沙耶がいるからこそ、だ。そしてたぶん、井原はそのことに苛立《いらだ》ち始めている。どんなに訓練しても、どんなに強くなっても、それだけではアゲハには届かない。渡瀬にもかなわない。

しばらく我々のところにこないか？

以前、井原にそう誘われた。

訓練のためということもあるだろうが、僕をこの家から引き剝《は》がしたかったというのも、おそらく井原の本音のどこかにあったと思う。誘いは、僕が断ってそれきりとなっていたが、先ほど、別れ際に井原が蒸し返そうとしたのはその件だろう。井原はプロの兵士だ。その兵士としての勘が危険を告げている。アゲハか、渡瀬か、どちらを相手にするにせよ、今の僕では勝てない、と。

「どうかした？」

尋ねた隆二に、何でもないよと首を振りながら、僕はコーヒーカップに手を伸ばした。コーヒーを飲み下しても、もやもやとした胸のつかえまでを飲み下せはしなかった。

2

長い夏休みが終わった。大学に入って四回目、つまりは最後の夏休みが終わった。

そっか。もう俺の人生に夏休みはないのか。

たった今、講義が終わった三階の教室からキャンパスの中庭を見下ろし、丸山聡志《まるやまさとし》はそんなことを考えていた。

この先、会社に入れば短い夏休みはあるだろう。けれど、それは聡志に言わせれば盆休みであって夏休みではない。始まるときに訪れる、あの抑えがたい、漠然とした高揚感。短くなっていく残りの日数に、徐々にこみ上げてくる焦燥感。終わったあとにじんわりと広がっていく、行く当てもない寂寥感《せきりようかん》。そのすべてがあってこその夏休みで、無理矢理《むりやり》詰め込んだスケジュールを慌ただしくこなす、たかだか数日の短い休みなど、断じて夏休みではない。

聡志が東京に出てきて、三年半が経っていた。あと半年あまりで、聡志は食品メーカーの営業マンになる。

そこの内定を取って就活をやめたとき、両親は露骨に不満そうな顔をした。厳しい時代とはいえ、頑張ればもっといい就職先があるのではないか、と。

いい就職先って何だよ、と聡志は噴き出しそうになった。

確かに、残りの学生生活のすべての時間と情熱を就職活動に注ぎ込めば、もう少し知名度が高く、もう少し規模が大きく、もう少し初任給が高い、「いい就職先」にありつけるかもしれない。けれど、だから何だというのだ、と聡志は思ってしまう。どうせどこに就職したって、大きな違いはない。大企業に就職したところで、それで将来が保証されるわけでもない。そもそも国ですら足腰がよれよれになっている。この先、膨れ上がっていく借金の利子を必死に返済しつつ、一人につき一人の年寄りを養いながら生きていく。それが、今、この国に若者として生きる者の宿命なのだ。寄れる大樹などもとよりなく、巻かれるに足るほど長い物もどこにもない。悲観しているわけではない。それを当然のこととして、聡志は受け止めている。そういう宿命のもとでは、右肩下がりに下がっていく未来に備えることも必要だろうが、二度と味わえない今の幸福を嚙みしめることも大事なのだ、と。

将来のことは、何とかなる。何とかならなくたって、まさか死ぬわけではない。生きてさえいるのなら、それはつまり、何とかなっているということだ。

それが聡志の思考だった。

立派ではないが帰る部屋はある。みすぼらしく見えない程度には服だって持っている。腹を空《す》かせたことはあっても飢えたことはない。

悪くはない。

一口にまとめると、そういうことになる。

取り立てて素敵な青春ではないが、決して悪い青春でもない。内定がなかなか取れないことに参っている友人だっているのだ。それに比べれば、自分など全然マシなほうだ。

突然、背後から首に腕を回された。親指の付け根が、正確に動脈に当たっている。一瞬抵抗しかけたが、背後から聞こえてきた怒声に、聡志は力を抜いた。

「こら、てめえ。内定取った人間が、公共の場所で憂鬱《ゆううつ》そうな顔してんじゃねえよ」

ぐらぐらと首を揺すられて、本当に息が詰まった。聡志がたまらずにタップすると、友人はすぐに手を離した。

「いいじゃないか。そっちは彼女がいる」

けほっと一つ咳《せ》き込んで、聡志は言った。

「あ、取り替える？　お前の内定と俺の彼女」

「いい」と聡志は言った。「彼女がいるお前をうらやましいとは思っているが、彼女の隣にいるお前をうらやましいと思ったことは一度もない」

友人がまた腕を伸ばしてきた。

「お前、落とすぞ。本気で落とす。場合によっちゃ殺す」

「冗談だよ。うらやましい。うらやましいってば」

「気持ちの入ってない言葉だねえ。まあ、どうせ別れたけどな」

「は?」

じゃれるのをやめて、友人は聡志の肩を叩いた。

「三限、行くべ」

「あ、ああ」

聡志は友人と一緒に教室を出た。構内に人の姿はまばらだった。夏休みの間に染みついたサボりぐせが抜けていないのだろう。あるいは就職活動に勤《いそ》しんでいるのか。

「別れたって、いつよ?」

階段教室へ向けて廊下を歩きながら、聡志は聞いた。

「つい最近」

「なして?」

「あっちもこっちも就職が決まらなくて苛々してたし、売り言葉と買い言葉が組んずほぐれつ、いちゃついちまって」

「そっか。ああ、ほら、だから、さっきも言ったけど」

「うん?」

「あの彼女はうらやましくなかった」

「おう」と友人は頷いた。「さっき聞いた」

「うん」

聡志と友人はしばらく無言で廊下を歩いた。廊下の突き当たりが近づいてきて、聡志は口を開いた。

「なあ。今、歩いている廊下の、あの角を曲がった先に、内定と新しい彼女が落ちてたら、どっちを拾う？」

「彼女」と友人は言った。

「即決だな」

「即決だ」

「凹《へこ》んでんじゃん」

「凹んでねえよ」

突き当たりを曲がった。あいにくと内定も、新しい彼女も落ちていなかった。

「ああ、どっかにいい子、いないかなあ」

大げさに嘆き、黙って三歩歩いたところで、友人は横を歩く聡志を肘で小突いた。

「何よ、何さ、何なのさ」

「何が？」と聡志は言った。

「あれ？　聡志くん、あっれー？」

歩きながら友人は聡志の前に顔をずいと突き出してくる。

「何だよ」

「笑ったよね、今。どっかにいい子、いないかなあ」

友人に見つめられて、聡志は鼻を鳴らした。

「そう、そう、それ。笑ったね。何よ、何だよ、聡志くん。心当たり、あるわけね？　どこの子？　どんな子？　何カップ？」

「そこかよ」

顔を近づけてきた友人の肩を押しのけて、聡志は階段を降りた。すかさず友人が肩に腕を回してきた。

「いやいや、きっちり聞いちゃうよ。聞いてあげるよ。聞かせてよ」

「そんなたいした話じゃないよ」と言って、聡志は友人の腕を外した。「最近、隣の部屋にね」

「何？　え？　お前んち？　あのマンション？　隣って、自宅警備員風のおっさんじゃなかったっけ？」

「そうだったはずなんだけど、知らないうちに入れ替わってたらしくてさ。このごろ、ちょこちょこ見かけるんだ」

「ほう、ほう」

「どこの学校なのかな。あんまり見たことのない制服でさ」

「あらら。高校生？　禁断の女子高生？」

「にしては、昼間に見かけたりもするんだよね」

不思議な雰囲気の女の子だった。制服姿を見かける割に、通学している気配がない。それはある種の擬態ではないかと聡志は思っている。これを着ておけば「高校生」で通る。世間を欺くというより、そのほうが丸く収まるからそうしているような、そんな気がした。葉っぱなんだから見逃してくれと、頑《かたく》なに動きを止めている昆虫のいじらしさのようなものを、聡志はその少女に感じていた。けれど、それを言葉でうまく友人に説明することはできそうになかった。

「んで、んで？」

階段教室の席に着くと、友人は肩を寄せてきた。あと五分で講義が始まるはずだが、教室に学生の姿はまばらだった。

「何もないよ、それだけ」

「声、かけたりとかは？」

「まあ、挨拶くらいは」

「どんな？」

「どんなって、こっちが、おはようございます。で、相手も、おはようございますって」

「おお」と友人はのけぞった。「おお、おお」

「いやいや、興奮しすぎだって」

のけぞっていた友人が一気に顔を近づけてきて、声を潜めた。

「それで？」

「それでって？」

「何カップ？」

「知らないよ」

「そこは想像しようよ、聡志くん。手のひらに包んで、収まるかこぼれるかくらいは想像してみようよ」

友人はそう言いながら聡志の胸の辺りを手でもんできた。聡志は身をよじってその手を外した。

「よせよ。どんなだよ」

「ああ、もう。おぼこいねえ、聡志くんは。で、その部屋には、一緒に麗しいお姉さんが暮らしていたりはしないのか？」

「知らない。見たことない」

考えてみれば、まだ高校に通う年齢ならば一人暮らしという可能性は低いだろう。隣の部屋は確か小さなリビングにベッドルームがついた1LDKのはずだ。

「ああ、でも、そういや」

「何？」

「友達じゃないかな。一度、マンションの近くで一緒にいるのを見かけたことがあるんだけど、その子は胸が大きかったな」

アオイたん。

その胸の大きな子は、舌っ足らずな声で、彼女のことをそう呼んでいた。

アオイ。それが彼女の名前なのだろう。

「あら？　いいんじゃない？　素敵じゃない？　あっちも二人、こっちも二人。な？」

「いや、だって、別に親しいわけじゃないし」

「そこは頑張ろう？　ね？　俺も頑張って内定取るから。そのご褒美に、な？」

「まあ、チャンスがあったら、声かけてみるよ」

自分にそんな勇気はないだろう。それはわかっていた。けれど、擬態を解いた彼女がいったいどんな姿をしているのか。見られるものなら、見てみたい気がした。

浮かんでいる。闇の中、横たわる体が浸っているのは水ではない。

泥だろうか。

粘着性のある肌触りに、碧はそう考える。確認するために、横たわったまま、右腕を上げ、闇に目をこらす。とろりとした液体が、腕を伝い降りて、肘から滴り落ちる。

血か。

見えたわけではない。匂うわけでもない。碧はただそう納得する。これは血だ。自分は血の湖に浮かんでいるのだと。ふと視線を感じて右を見た。自分と同じように、誰かが浮かんでいた。漂いながら、徐々に近づいてくる。いや、自分のほうが近づいているのか。やがて碧は、それがもう一人の自分だと気づく。まだ自分ではない自分だ。体は皮膚に覆われているが、足は骨だけ。顔も口から下はできているが、そこから上は頭蓋骨がむき出しになっている。骸骨《がいこつ》の中の目がこちらを睨む。その目に驚きが浮かび、怯えが差す。やがて怯えは、諦めに変わる。ああ、そうだった、と碧は思う。早く私を殺さなきゃ。呑気《のんき》にゆらゆら浮かんでる場合じゃない。碧は体を起こす。立ち上がってみれば、湖は膝下ほどの深さしかない。諦めの目に、哀願の色が差した。

待って。

声にはならない。横たわる自分の口がそう動いた。すでに顔は皮膚に覆われている。足の骨も筋組織に覆われ、肌ができ始めていた。

駄目よ、待たない。

碧はそう答える。

だって、できあがったら、あなたが私を殺すでしょ？　先にできあがった私の勝ちよ。それにどうせ……。

碧は足を持ち上げ、思い切り自分を踏み潰す。足の下で、もう一人の自分がくしゃりと潰れた。

「………」

碧は目を開けた。またかと思いながら体を起こす。夢の終わりに何かを口走ったように思ったが、覚えていなかった。気のせいかもしれない。

ここのところ、似たような夢ばかりを見ていた。それは誕生のシーンだと、碧にもわかっている。

同じ手順で作られた、名もないいくつもの実験体。多くはうまくいかなかった。通常ならば許されるはずがないほど低い成功確率は、実験前からすでに織り込まれていたという。一万で足りなければ、十万。それでも足りなければ百万、一千万、一億……とにかく成功するまで作り続けろ。

誕生への祈りがあったのは、いくつまでだったろう？　十個か、百個か、千個か。いつしか実験は祈りをなくし、機械的な反復作業へと変わったはずだ。いくつもの命が作られ、生物として自立する前に屍《しかばね》へと変わっていった。その屍の山から生まれたのが自分だ。そして自分が生まれたことによって、実験は次の段階へと進んだ。不要になった他の実験体は捨て去られた。一分後には呼吸を始めていたかもしれない、いくつもの自分が処分された。そのことに、無論、罪悪感などない。それなのに、最近、似たような夢ばかりを繰り返す。

　リムを殺したことと関係しているのだろうか。いや、設計者のリムを父となぞらえるなら、実行した研究者たちが母だろう。彼ら四人を殺したからか。

　碧はベッドから起き上がり、カーテンを開けた。

　碧は朝が苦手だ。気温が上がる前の時間帯は、空気が湿り気を帯びて重くなる。音波がうまく響かない。ましてや今はまだ空気が夏の粘り気を残している。そのおかげで、体が鈍《なま》っているように感じられる。

　重い空気に広がった音波の網が、リビングの人を捉えた。碧はベッドルームを出た。

「おはよう。いつきたの？」

「ついさっきよ」と静が答えた。

　今、碧がいるマンションは、二ヶ月ほど前から拠点にしている。碧たちは、ワンルームマンションを中心に、常に五、六ヶ所の拠点を持っていた。本来の住人にいなくなってもらうこともあったし、普通の賃貸契約を結ぶときもあった。単身者が中心のマンションでは、住人が入れ替わったことに気づかれることはなかったし、通常の契約を交わすときでも、金さえあれば身分などどうにでも誤魔化せた。碧や学は同じ部屋を使うことを好んだが、他は時々の気分で、好き勝手に拠点に出入りしていた。

「入ってくるときに男に挨拶されたわ。隣の部屋の人みたい」

「そう」

隣は、確か大学生くらいの男のはずだ。碧も何度か挨拶は交わしていたが、取り立てて注意は払ってこなかった。

「引き払ったほうがいいかな？」

不審がられるような気配を感じたらすぐにその拠点は放棄して、また新しい拠点を作ることにしていた。

「挨拶されただけだし、もうしばらくは大丈夫でしょう。寝かせてもらっていい？」

「ああ、うん。ベッド、どうぞ」

「先にシャワー浴びるわ」

「何か食べる？」

「もういい」

目をやると、テーブルの上に空になったゼリー飲料のパッケージがあった。静の体は普通の人間ほどにはカロリーを必要としない。

静がバスルームへ消えると、碧は簡単な朝食を用意した。その朝食を食べ終え、紅茶を淹れて飲んでいると、やがて静がバスルームから出てきた。

「渡瀬が何か動いているみたい」

タオルで髪を拭いながら、静が思い出したように言った。体には何もまとっていなかった。

「何かって？」

聞き返しながら、碧は静の体を眺めた。柔らかに盛り上がる曲線。滑らかな肌。碧でも見とれるほどだ。男ならば無条件に手を伸ばしているだろう。面白いなと碧は思う。オスに訴えかけるその力は、いったい何のためのものか。本来ならば、無論、生殖ということになるのだろうが、静にその能力はない。捕食であればそれも納得できるが、殺した相手を静が食べているわけでもない。まさか個体維持のために、天敵を抹殺しているわけでもないだろう。静の体は何のためにオスを誘い、殺す力を有しているのか。生物として、その存在は矛盾だらけだ。もっとも、それは静だけではない。モモも、輝も、壮も、ヒデも、矛盾のかたまりみたいな存在だ。

「ヒデと壮が探ってるらしいわ。何？」

視線に気づかれ、碧は慌てて視線を外した。

「何でもない」

では自分はどうだろう、と碧は考える。四人の科学者を殺し、ラボを去る間際、何かの啓示のように踏みつけた一枚の紙。そこには『ＨＹＢ・ＧＨ／２０４５』が、人間と共存できる可能性についてレポートされていた。ヒデは気にしていなかった。自分も気にするまいと心がけてはいたが、あの夜以来、いつも胸の片隅に引っかかっている。その可能性は何を示唆するのか。その可能性が自分の存在の意味を変えるものなのかどうか。

「このシャツ、借りるよ」

目をやると、静がクローゼットの中から碧のキャミソールを取り出して、着ていた。

「ちょっと痩せた？」と碧は聞いた。

静のほうが少し大きいと思っていたのだが、自分のキャミソールがフィットしていた。

「そうかしら？」

気にする風もなく静は言って、着替えを続けた。その肩に小さな斑点《はんてん》のようなものがあった。

「それ、あざ？」と碧は言った。

「うん？」

「そこ」

「何？」

「肩の後ろのところ」と自分の肩を手で押さえて、碧は言った。「染み？」

首をねじっても見えなかったようだ。静は諦めて肩をすくめた。

「私も年ね。気づかないうちに痩せて、染みができて」

「ああ」と自分の失言に気づいて、碧は口に手を当てた。「え？　本当にそういうこと？」

「どうかしら」と静は首をちょこんと傾《かし》げた。「どうでもいいんじゃない？」

「まあ、そうだけど」

自分たちの寿命は人間ほどには長くはない。監禁されていた実験施設から逃げ出したのも、思えば、それを知ったことが直接の動機だったかもしれない。

どうせ短い命なら、こんなところに閉じ込められている場合じゃない。

そうして逃げ出した外の世界の中に、自分たちの居場所など、もちろんなかった。居場所も、行き場所も見つからず、自分たちを生み出した者たちを狩り始めた。それが必然だとするのなら、やっぱりずいぶんつまらない命だ。

着替えを終えた静がテーブルにやってきた。静に想定される寿命は三十年弱。とはいえ、こうして目の前でまじまじと見つめてみても、肉が落ちたり染みができたりというのが、カウントダウンが開始された兆候なのかどうかはわからなかった。

「そんな顔しないの」と静が言った。「長生きしないのはお互い様でしょう？」

静よりはだいぶ長いが、碧にしたところで寿命は四十年前後と教えられていた。

「おばあちゃん、私にも紅茶、淹れてくれる？」

しわがれた声を出して静が笑い、碧はポットにお湯をつぎ足すために立ち上がった。

「わかりましたよ、おばあちゃん」

その日の夕方に壮から電話があり、碧は静とともに横浜の中華街へと向かった。普段の様子をよく知っているわけでもないが、通りにいる人の数が少ないように感じられた。中国海軍の艦艇が日本の排他的経済水域に侵入したのは、四ヶ月ほど前のことだ。大曾根誠がそれを声高に非難し、その非難に呼応するように中国が日本政府主催の国際会議への要人の派遣を取りやめた。その大曾根があろうことか防衛大臣に就いたことで、いったんは落ち着きを見せていた日中関係も、最近は急速に悪化の一途をたどっている。中国で過激な反日デモが起こっていることは連日報道されていたし、日本でも中国に対する激しいバッシングがわき起こっている。その影響で中華街から人の足が遠のいているのかもしれない。その当時の大曾根の言動も、今回の大臣就任も、渡瀬の目論見《もくろみ》に添ったものであろうことは想像がついたが、その先にある渡瀬の狙いまでは判然としなかった。

指定された店の個室には、すでにみんなが集まっていた。

「あ、もう頼んじゃったよ。杏仁《アンニン》豆腐のコースだけど、よかった？」

モモに言われ、静が椅子に座りながら「いいわよ」と気のなさそうな答えを返していた。碧は隣にいた学に聞いた。

「杏仁豆腐のコースって？」

「ああ。デザートが高いコースと安いコースで違って。安いほうが杏仁豆腐。そっちにしないなら撃つって」

「あら。今、駄目って言ってたら、私、撃たれてたの？」

静に睨まれ、モモが「撃たないよお」と笑った。

「静たんは撃たない」

「誰なら撃つんだ？」と輝が言い、「教えてあげようかあ？」とモモが唇を尖《とが》らせてみせた。

「壮。やばいぞ。気をつけろ」と輝に言われ、「俺を巻き込むなよ」と壮が笑った。

少し年齢に幅があるが、知らない人の目には、共通の趣味を持った仲良しサークルの食事会ぐらいにしか映らないだろう。

「それで」と碧は向かいにいたヒデに目を向けた。「渡瀬が何をしてるって？」

うん、とヒデは頷き、苦笑を浮かべた。

「いや、考えてみれば当たり前の話だったんだ。相手が渡瀬だから惑わされた。渡瀬に防衛省とくれば、どうしたって物騒なことを想像してしまう。核ミサイルとかさ」

「どういうこと？」

「こういうこと」と壮が右手の指で輪っかを作った。

「そう。金なんだよ」とヒデは言った。「なぜ防衛省か。金だと考えれば、これだけわかりやすい話もない。他の省庁では作りにくい裏金も、防衛省なら機密ってことで押し通せる。会計の透明性を叫ぶマスコミだって市民団体だって、相手が防衛省となるとどうしても腰が引ける。渡瀬の狙いはそこだ。欲しかったのは、最初から軍事力じゃなく金だったんだ」

「渡瀬が、金を？」と静が言った。「だって、金持ちでしょう？　少なくとも、色んな金持ちから大金を巻き上げるくらいの力はあるはず」

自分たちや昴たちを作ったときのように。

暗に静がそう言っているのは、みんなわかったはずだ。

「数億単位なら、明日にでも作れるだろう」とヒデは言った。「数十億も、数百億も、その気になれば集められるだろう。だが、それ以上となると無理だ。数千億となると、いくら渡瀬でも作れる金じゃない。仮に作れたとしたところで、個人が扱いうる金じゃないし、法人レベルで考えても、動かそうとすれば目を引く額だ」

「千億。千億？」と呟いたモモが指を折り始めた。

「けれど国家予算なら。そういうこと？」と碧は言った。

「ああ。ただ、他の省庁ではどう誤魔化しても短期間に捻出《ねんしゅつ》することはできない」

「げ、ゼロが十個」とモモが言った。「すっげ」

「いやいや、十一個だから」

二つの手をグーにした輝が、三つ目の手の親指を曲げ伸ばししながら言った。

「日本の防衛費は年間、四兆五、六千億ってとこだ」とヒデが説明を続けた。「その額に実態が伴っていないっていうのは有名な話だ。日本では人件費も装備調達コストも高いからっていうのが理由になっているが、どこかに消えている金があったんだな。たぶん、一部を丸ごと抜いてるんじゃなくて、わずかな上澄みを広くすくい取っているんだろう」

碧は亘を拘束していた分隊のことを思い出した。野党に身を置きながらも、渡瀬は一分隊を思いのままに動かすことができていた。同じように、省内のシンパを使って、渡瀬はいろんな部署から少しずつ金をプールしていたということか。四兆五千億の、たとえば一パーセントをかすめ取っていたら、年間、四百五十億。三年で一千億を超え、五年で二千億を超える。

「その金で、渡瀬は何を？」と碧は聞いた。

ヒデの目配せを受けて、壮が円卓に図面を広げた。図面の一枚の端についている汚れが乾いた血であることは、みんなが気づいただろう。けれど、この図面のもとの持ち主がどうなったかを問い質す者などいなかった。

二枚の図面をどう見るのか、しばらく考えて碧は気づいた。縦の断面図と横の断面図だ。縦の断面図は、蟻《あり》の巣の形を直線で簡略化して描いたもののように見えた。

「巣だね」

似たようなことを考えたようだ。モモが言った。

「そう。巣だ」とヒデが頷き、「およ。当たった」とモモが言った。

「巣って、何の巣？ 何を飼うつもりなの？」

静が巣の形を指でなぞりながら聞いた。図面に書き込まれている数字の単位がメートルなら、かなりの大きさになる。巣と言うより、これは地下要塞《ようさい》だ。

「人間、ね？」

碧が言い、ヒデが頷いた。

「は？ ああ、何？ つまり、これ、シェルター？」

輝がそう言って、笑い出した。

「地上を諦めれば学から逃げ切れるって、そういうこと？ 渡瀬浩一郎って、実はただの馬鹿か？」

学を殺し、自分は地下へと逃げる。意のままになる者を連れて、自分の王国を作る。普通に考えれば、そんな計画が思い浮かんでくる。が、それはてんで渡瀬らしくない。

「渡瀬は何をしたいの？」と碧は言った。「どの道、学が死ねば、こんなことをしたって何の意味もない」

学が死ねば、人類は、遅かれ早かれ、一人残らず平等に審判を受けることになる。

「そうだね」と学自身が碧の横で頷いていた。「本気で地底人になるのなら話は別だけど。あ、でも、本気で地底人になって、何世代かあとに触角とか生えてきたら面白いかも。ね、面白くない？　この辺に、びょーんって」

両手を頭の上でくるりと回した学は、うわっ、かわいいかも、と言いながら輝の腕をばしばしと叩いた。わかったよ、面白いよ、かわいいよ、と輝がうんざりした顔で答えた。

「触角より、土掻《つちか》きがいいな」と壮が言った。

「土掻きって何？」と学が聞いた。

「水掻きがあるんだから、土掻きがあってもいいだろ。手が、すっげえ速く土が掘れるようになってるの」

「掘るの？」と学が笑い、「掘るんだよ」と壮が答えた。

いや、やっぱり触角がいいなあ。

そう笑う学は、知らない者の目には、足のハンディにもめげることなく、明るく生きている健気《けなげ》な少年にしか映らないだろう。いったい誰が信じられるだろう。この少年が、たった一人で今の世界を終焉に導くことができるほどの力を、その体内に秘めているなどと。

学が死ぬと、その体からは致死性のウィルスが生み出される。いや、厳密に言うなら、今、このときにだって、学の体内ではウィルスが生産されている。ただ、学が生きている限り、それを不活化する別のウイルスが生成されているだけだ。学の死後、二つのウイルスを生成している組織が停止するまでには、タイムラグがある。不活化するウイルスの生産が先に止まり、しばらくの間、致死性のウイルスだけが生産される。その時間はおよそ十数分。その間に生産されたウイルスに感染した人間の致死率は八割を超える。既存のウイルスにもそれに匹敵するものはあるが、学のウイルスは感染力が桁違いに強い。そして何より、そのウイルスは、極端な高熱でしか死滅しない。たとえ地下に逃げたところで、逃げ込んだ途端にゲームオーバーだ。永遠に地下に閉じこもるのなら別だが、何十年経とうと、地上には学のウイルスが待ち構えている。

ラスト・ビーイング。

最後の生き物。

リム・シェンヤンが作ったのは、学ではない。このウイルスだ。学はウイルスを生成する機能を持った容れ物でしかない。学という枷(かせ)を抜け出したウイルスは、たった一度だけ、増殖する機会を与えられる。その爆発力は、机上で考えるよりはるかにすさまじいものだろう。碧はそう想像している。

だって、と碧は思う。繁殖が許された生き物の、生に対する執着のすさまじさは、誰よりも自分たちが知っている。生き物は、生き残るためのあらゆる方法を模索する。たぶん、学の死により解き放たれるウイルスたちも同じだろう。ウイルスが生き物であるか否かは議論のあるところだと人は言うかもしれない。けれど自分たちに言わせればウィルスは間違いなく生き物だ。なぜならそれは、個体を超えた時間を指向する。短い寿命に閉じ込められた自分たちより、生き物と呼ぶにふさわしい。

廊下の動きが網にかかり、碧は思考を打ち切った。みんなに目配せをして、広げられていた二枚の図面を畳む。壮に手渡し、壮が仕舞い終えるのとほぼ同時に、ドアがノックされて、前菜が運び入れられた。円卓に皿を載せた中国人らしき給仕が出て行くのを待って、ヒデは口を開いた。

「ウィルスが世界に広がるまで、早くて十ヶ月。長くて二、三年。そうだったよな？」

ヒデが確認した。殺した四人の研究者たちはそう言っていた。碧たちは頷いた。

「渡瀬が恐れているのは、その間に、人類の手によって取り返しのつかない状況が引き起こされることじゃないかな。たとえば、ウィルスの発生地が日本だとなったとき、感情論に任せて日本に核が落とされる可能性だってある。追いつめられた者同士が、諍《いさか》い合い、地球を生き物の住めない状況に追い込んでしまうことだってある」

「つまりこのシェルターは、学から逃げるためではなく、人間が人間自身から逃げるための避難所。そういうことか？」と輝が言った。

「そういうことだろうね」

ヒデの説明の道理はわかるが、それはやはり碧の質問の答えにはなっていない。つまるところ、渡瀬浩一郎は何をしたいのか。

「避難所を用意した上で、渡瀬は何をするの？」

「わからない」とヒデも認めた。

「世界を脅迫する、とか？」と静が言った。

「言う通りにしなければ学を殺すぞ、ってこと？」

「だって、他に何かあるかしら？」

「渡瀬が何を要求するのかが問題、ってことか」と壮が言った。

互いの顔を見たが、その答えを思いつく者はいないようだった。もとより、一筋縄でいく男でないことはみんな承知している。

「まあ、でも、つまり」と輝が言った。「妙なことをする前に、さっさと殺しちまえばいいんだろ？」

「まあね」とヒデが頷いた。

「だったら相手の出方なんて考えてないで、さっさとやっちまわないか？」

どう思う？

問うような目線をヒデから投げられたが、碧には答えようがなかった。答えを求めて、碧は学を見た。気づくと、みんなが学を見ていた。

「そうだね、うん」

みんなの視線を気負うこともなく受け止め、いつものからりとした明るい口調で、学が頷いた。

「それじゃ、そろそろ最後のイチゴに取りかかろうか」

みんなが互いの顔を見て、頷き合った。

憎悪などすでに持ち合わせていないことは、リムを殺したとき、自分の胸に確認していた。計画の締めくくりに立ち向かうというような高揚感もない。ただ、やらなければならない。碧の胸にあるのは、そんな乾いた義務感だけだった。

高慢、不遜《ふそん》、横柄、尊大。その有り様について、よい表現は滅多にされてこなかったが、思えば、小心だの狭量だのという言葉で蔑《さげす》まれたこともない。もともと肝は据わっている男なのだろう。初めて会ったときから、僕の登場に動揺する気配は微塵《みじん》もなかった。帰ってきて、明かりをつけた部屋に僕がいるのを見つけた今も、大曾根誠は驚く素振りすら見せなかった。持っていた鞄をテーブルに置き、ネクタイを緩めながら、テーブルを挟んだ僕の向かいに腰を下ろした。

「真幌岳に駐留していた分隊だったな」

余計な言葉は一切なく、大曾根は切り出した。微かにアルコールが匂ったが、酔っている気配はない。僕が頷き、大曾根は鞄を探った。中から取り出した新聞を広げ、その記事だけが見えるように折り畳むと、僕の前に置いた。自衛隊輸送ヘリの墜落を報じる記事だった。先週末に起こった事故だ。そのニュースはテレビで目にしていたが、特に注意は払っていなかった。エンジントラブルが原因で大型輸送ヘリが山に墜落し、乗っていた隊員、十二名は全員死亡していた。近隣住民、ならびに近隣自治体への謝罪を述べ、国民に原因究明を約束する大曾根自身のコメントも載っていた。

「上がってきた報告もすっきりしない点が多かった。不審には思っていたんだが、どうやらそれらしい。彼らが真幌岳に駐留していた分隊だ」

咄嗟《とっさ》に考えたのは、最悪の可能性だった。

「遺体の確認は？　身元に間違いはないですか？」

「ヘリは墜落後、炎上している。遺体の損傷がかなりひどかったという報告は受けているが、身元確認に手間取ったとは聞いていない。もっとも、今、省内にどれだけまともな人間が残っているかは、はなはだ疑問だがな」

「遺体の人数に間違いはないですか？」

大曾根が目を細めた。

「人数？」

「間違いなく身元確認の取れた十二名分でしたか？　一人分、多く紛れ込んでいた可能性は？」

「わからん。墜落事故にしても、遺体の損傷が激しすぎるんだ。五体満足に残っていた遺体のほうが少ないくらいだ」

「事故ではなく、どこか別の場所で、別のやり方で殺された死体をヘリコプターに載せて、墜落させた。いえ、いっそ、山中にヘリを着陸させてそこに遺体を積み込み、爆破した」

「可能性はあるな。気になるなら、もう少し調べてみよう」

「ああ、いえ」と僕は首を振った。「いいんです。この件は、もう忘れてください」

今、この件で大曾根が不要な動きをすれば、渡瀬に僕と大曾根のつながりを見透かされる恐れがある。何かに使えるかどうかはわからないが、できるならば、大曾根とのつながりを渡瀬に知られたくはなかった。この事故に紛れて亘が殺されていないか。他のルートから探ってみるべきだろう。

「渡瀬の最近の様子は？」

新聞を返して、僕は聞いた。

テレビや新聞で顔を見かけてはいるが、本人からの連絡が途絶えてから、もう三ヶ月ほどが経っている。過去に例がなかった長さではないが、政権奪取という大きな転換点の後にも連絡がないとなると、その沈黙は気にかかった。

「精力的に表に出ているようだ。副大臣は執務室にいないと、官僚たちがぼやいているよ」

「表というと？」

外に流すなよ。

そう釘《くぎ》を刺して、大曾根はまた鞄から紙を取り出した。広げてみると、何かの図面らしかった。

「最近、渡瀬はこれにかかりきりになっている。大規模災害時の避難シェルターだ。首都直下型地震をはじめ、想定される様々な災害が現実になったとき、避難民を収容するスペースが必要になる。その場所は地上よりもむしろ地下にあるべきではないか」

「そう、渡瀬が？」

「発案者は政務官ということになっている。三上淳一という男だ。が、おそらくは渡瀬が立てたプランだろう」

三上淳一。渡瀬が操る木偶《でく》の一人だ。

「どこに？」

「富士山の麓《ふもと》にある国有地の地下だ。陸自の演習場になっている」

「こんなものの建設プランが通るんですか？」

「通るも何もない。すでに造られている」

僕は驚いて顔を上げた。

「まさか」

「まさか？　まさか国民に知らせずにそんなことができるはずがない。そういう意味か？」

　大曾根が笑いかけてきて、僕も苦笑した。

「まあ、さすがにそこまで露骨ではないがな」

　大曾根が鞄からもう一枚、別の図面を出してきた。のっぺりとした立方体の建物だった。かなりの高さがあるが、地上は階層に区切られていない。一方で地下部分は三階まである。地下一、二階が五メートルほどの天井高になっているのに対し、地下三階の天井高は三〇メートルを超えている。

「その演習場の一角にある建物だ。今は地上部分を格納庫として、地下を燃料の貯蔵庫として使っている。三上淳一のプランによると、この建物をベースに、地下部分を更に掘り下げ、かつ左右に広げていくことで、かなりの人数の避難民が居住できるシェルターが造れる、ということになっている」

「この建物ができたのはいつです？　古いものですか？」

　ほう、というように目を細め、大曾根が軽く微笑んだ。

「鋭いな。古くない。去年できた建物だ」

「とすると、眉唾《まゆつば》ですね」

「ああ」と大曾根は頷いた。

　建物があるから、それを利用したプランが立てられたのではない。プランは以前から密かに動いていた。プランの一環として去年、この建物が完成した。そう考えたほうがいいだろう。

「このシェルターは何なのでしょう？」

前の図面に目を戻して、僕は聞いた。視線に顔を上げると、大曾根が怪訝そうに僕を見ていた。

「私には核シェルターにしか見えないが？」

渡瀬は核戦争を起こそうとしている。大曾根の目にはそう見えているのか。たぶん、渡瀬に感じる得体の知れなさが、その答えとうまくマッチしたのだろう。だが、違う。それならアゲハに、学にこだわる理由がない。

「そう考えるのはわかりますが、それではないです」

「確かか？」

「ええ。確かです」

大曾根が軽く息を吐き、肩を落とした。ホッとしたようだ。

「そうがっかりしなくてもいいです」と僕は言った。「核戦争が起こったほうがマシだった。たぶん、そう思えるくらいのことをしでかすつもりですよ」

「そうだったな」と大曾根は頷き、表情を引き締めた。「そう。あれはそういう生き物だった。なるべく早く」

それ以上の言葉は呑んだ。視線が鞄に向いていた。渡した銃はそこに入っているのか。大曾根には悪いが、大曾根に渡瀬を殺せるとは思っていなかった。かといって、自分がやるべきなのかどうかも決めかねていた。まずは亘を奪還すること。それが何より先だ。

「またきます」

僕は立ち上がった。一緒に椅子から立った大曾根が口を開いた。

「ああ、そうだ。先日、渡瀬から妙な相談を受けた」

「妙な相談?」

「養子を取るつもりだが、どう思うかと」

「養子?」

「未婚で養子もないもんだろうと答えたのだが、政治的な後継者に据えるつもりなのかもしれない」

大曾根の言葉は僕の耳にはほとんど入っていなかった。

「その養子って、どんな人です? 性別は? 年齢はわかりますか?」

「ああ。そのあとに、メールがきたよ」

大曾根は背広のポケットから携帯を取り出し、しばらく操作してから、僕に渡した。

『先日、ご相談した件です』

渡瀬からのメールには、写真が添付されていた。

『彼がお話しした子です』

世界がぐるりと回った気がした。

「……亘」

「知り合いか？」

小田桐《おだぎり》のもとを出て十年。隆二と同じ年だから十八歳。いや、もう誕生日を迎えて、十九になっている。くせの強い髪。目の下から耳に向けて流れる傷痕《きずあと》。少しつり上がった目から放たれている、生意気そうな視線。

思わず画面に指を伸ばした。その頭をぐしゃぐしゃと撫でてやりたかった。力が抜けて、膝をつきそうになったが、何とか堪えた。

「大丈夫か？」

「ええ」と僕は頷いた。「大丈夫です」

亘が確かに生きていたという安堵《あんど》は、すぐに不安へと変わった。

新聞を手にしてこちらを見ているその構図はいかにも不自然だ。いや、不自然というのなら渡瀬のメールがそもそも不自然だ。これはメッセージと見ていい。メールの日付は一昨日。亘が手にしている新聞の日付も一昨日。少なくとも一昨日までは、亘は生きている。渡瀬は、そういうメッセージを大曾根に託した。僕と大曾根のつながりなど、とうにお見通しということか。

大曾根と何をじゃれ合っているのかは知らないが、亘は俺の手の中にある。それを忘れるな。

渡瀬はそう言っているのだろう。

だが、亘は？　亘が何を考えてそこに写っているのかが、わからなかった。目には理性の光があり、焦点はしっかりとカメラのレンズに向いている。破綻している顔ではなかった。にもかかわらず、なぜ亘は求められたポーズで写真に収まっているのか。

脅迫。

そう思いついた。それまで思いが至らなかった間抜けさを悔やんだ。

渡瀬は僕らを脅しているのと同じように、亘を脅している。

そう考えれば合点がいった。

言う通りにしなければ、お前の兄弟たちを殺す、と。

「渡瀬は、さっきの建物にしょっちゅう出かけているんですね？」

「ああ。どうやらそのようだ」

亘はそこだろうか。

僕は椅子に座り直した。

「正確な場所を教えてください。それとその建物についても、できるだけ詳しく」

3

通常ならば、一人のときということになる。

電車を降り、他の乗客とともに改札を抜けながら、武部はそう考える。

ターゲットが一人きりのときに、隙を見定めて、一瞬で、正確に仕留める。常識的に考えても、経験的に言っても、それが暗殺のセオリーだ。けれど今回の依頼に、それは当てはまらない。

荏碕昴は手強《てごわ》い。

接触してすぐに、武部はそれを認めた。

写真を見せられたときから感じてはいたが、実際に目にした昴はそれ以上だった。完《かん》璧《ぺき》な状況を作り、完璧なタイミングを計ったとしても、成功確率は五分五分か、それ以下か。

駅前の赤信号で武部は立ち止まった。右手に提げたビニール袋には、馴染《なじ》みの豆腐屋でもらったおからが入っていた。普段、よく使う材料ではなかったが、たまたま店の前を通りかかったとき、押しつけるように渡された。

シンプルに昴個人を狙ったのでは、成功はおぼつかない。

赤信号を眺めながら武部は思考を続ける。

ならば、やはり人質を取るしかない。

信号が青に変わり、武部は再び歩き出した。

本来、それはまずい策だ。暗殺において、狙う側が圧倒的に有利なのは、それが暗殺だからこそだ。狙われる者は、誰に狙われているのか、いつ、どこで狙われそうなのかはもちろん、多くの場合、自分が狙われていることすら知らない。人質を取るということは、相手にわざわざ危険を知らせてやるということでもある。

駅前の短い商店街を抜けると、すぐに大きな敷地に区切られた住宅が連なる。広く取られた歩道を武部はゆっくりと歩いた。

今回もそれは同じだ。が、相手に知られぬように命を狙う。本来ならばそこで生まれるはずのアドバンテージが、昴との間においては有意に働かない。それくらい、自分と昴との間には圧倒的な差がある。それは体力とか筋力とかの話ではない。言うなれば……。

熱量、と武部はそうなぞらえている。

個体としての、生命体としてのエネルギーだ。もっと平たく言ってしまうのなら格。

自分と昴とでは、格が違う。正確にそう測っていること自体、武部が優秀な暗殺者である証《あか》しだろう。そして優秀な暗殺者である武部はこうも測っていた。なるほど、自分と昴とでは格が違う。が、どうしても埋められないほどでもない、と。策を弄《ろう》せば、埋められる、と。

昴には別居している妹と同居している二人の弟とがいる。武部がまず考えたのは、その三人のうちの誰かを人質に取ることだった。上の弟は活発で、運動能力も高い。武部の腕に易々と落ちるとは到底思えなかった。昴の家をたまに訪れる妹も、妙なしぶとさとしたたかさを感じさせる女だった。できないことはないだろうが、やりにくい。武部はそう直感した。もっともやりやすいのが下の弟。物静かで、従順。あるいは、愚鈍。ただ、この弟は滅多に家から出なかったし、出かけるときはたいがい昴と一緒で、誘拐するチャンスがない。それでも、他に可能性がないのなら、綿密に計画を立てて、武部は下の弟の拉致を試みただろう。が、幸い、そこまで無理をする必要はなかった。

角を曲がったところで、顔見知りの老婦人と鉢合わせた。武部が先に気づいて軽く会釈をした。会釈を返した相手と当たり障りのない挨拶を交わし、すれ違う。

武部が見立てたところ、昴は滅多なことで他人に情を移す男ではない。その一方で、一度、情を移せば、命に替えてもその人を守ろうとする。それは決して珍しい性質ではない。かつて武部が殺してきた相手にも、何人かそういうタイプの人間がいた。ほとんどが男性で、多くは自らが属する組織のリーダー的な役割を担っていた。そういう資質を持つ者がリーダーになるのか、リーダーになったからそういう資質をまとうのかはともかく、そういう資質を持つ者たちの仲間に対する献身は、対象となる仲間が弱ければ弱いほど度合いを増していく。

長らく仕えてくれているお手伝いさんの娘。まだ小学校に上がる前のか弱い女の子。彼女が誘拐されたら、昴は助けに動くだろうか？

間違いなく動く。昴は全力で彼女を助け出そうとするだろう。

それでもチャンスは一度。

武部はそう見ていた。慎重に罠を仕掛け、一度で昴を仕留める。

できるか？

武部は自らに問いかけ、首を振った。

できるかもしれない。できないかもしれない。普段ならば仕事前に自信が揺らぐことなどないが、今回は違った。

「だから、面白い」

口に出して武部は呟く。やがて昴の暮らす家が見えてきた。

コンクリートの壁から水が染み出していた。夜の闇の中、道路を叩く雨音が、トンネルの中まで響いている。その振動が蜘蛛の糸のように体にまとわりつく。やはり雨は嫌いだ。知らない男の腕に強く抱きすくめられながら、碧はそんなことをぼんやりと考えていた。

その日の昼のことだ。碧は壮に呼び出され、拠点の一つにしている海沿いの朽ちかけた倉庫に赴いた。

「どんなのがいいのか迷ったんだけど、これ、どう？」

煙草《たばこ》をくわえた壮が、長細いものを差し出してきた。それが何なのか、碧にはわからなかった。長さは三〇センチほど。巻き尺から引き出されたテープに似ている。樹脂コーティングをして、目盛りがふってある、あれだ。実際、手にしてみると、縦にはぐにゃりと曲がるが横には曲がらない。ただし、巻き尺のテープのような反りはなく、平坦《へいたん》で、しかも両側が鋭い刃になっていた。

「普通にナイフとも思ったんだけど、そっちのほうが、ほら、かっこいいし。ちょっと練習すれば使えるようになるよ」

「ああ」

碧はようやく納得した。どうやら壮は自分にふさわしい武器を探してきてくれたらしい、と。

前に横浜の中華街でみんなが集まったときだ。帰り際、輝が銃を差し出してきた。

「持ってたほうがいいんじゃね？」

碧はそれを断った。輝が持つのならばいい。相手に両手を上げて見せながら、見せてない手を使って相手を撃つこともできる。精度は落ちるにせよ、四つの手に銃を持って、四人の相手を撃ち分けることもできる。輝の特異性を考えたとき、銃はもっとも相性のいい武器と言えるだろう。けれど、碧が持ったところで、普通の人が持つのと変わりはしない。たぶん、自分はすぐにそれを使いたがるようになるだろう。すぐにそれに頼るようになるだろう。まるっきり普通の人間みたいに。そう考えて、碧はぞっとした。

銃を断った碧に、少し不満そうな顔を見せながらも、輝も無理には勧めなかった。そのときは壮も何も言わなかったが、自分の身を守ることすらおぼつかない碧に、何か武器を与えるべきだとは考えていたのだろう。たぶん、他のみんなも。

「こうやって、脇の下から腕の内側を通して、手首まで。ちょっと動きにくくなるけど、すぐ慣れる」

壮は柔らかな革製のケースに入れた刃を碧のシャツの左袖《ひだりそで》に仕込んだ。

「で、この先っぽの輪っかに薬指を通して引っ張ると」

するりと刃が抜けた。握りの部分にはテープが巻いてある。

「切ってみ」

壮がくわえていた煙草を摘《つま》み、体から離して立てた。

「え？　だって……」

外れたら、怪我をする。

そう言いかけて、やめた。失敗したところで壮が怪我をすることはないだろう。自分が何をしたところで、壮を傷つけることなどできるはずもない。

碧は言われるまま、右から左へと薙《な》ぐように刃を振るった。ひゅんと音を立てた刃が壮の摘んだ煙草を両断した。

「お、うまい。もう一回ね」

新しく煙草を取り出しながら、壮は言った。

「碧はさ、過小評価しすぎだよ、自分のこと」

「え？」

壮は煙草を口にくわえて、火をつけた。深々と吸って、煙を吐き出す。

「たぶん、碧には碧の強さがある。俺たちの誰も持っていない、碧だけの強さがある。これまでだって、十分、俺たちは碧に助けられてきた」

壮が吐き出した煙草の煙は、窓から差し込む日の光の中を渦巻きながら流れていった。

「ああ」と碧は頷いた。「ヒデね？」

きゃはっ、と壮は笑った。

「やっぱばれる？」

「らしくなさすぎ」

「うん。ヒデさんがくるつもりだったらしいんだけど、ついでがあったから俺がきた。今の言葉は、うまく伝えてくれって言われたんだけど、やっぱ駄目かあ」

「何だ。ついでか」

「そ、ついで。今、ヒデさんは渡瀬に張り付いてるから。俺もすぐ合流する」

もう一口、深く吸い込み、さっきのものよりだいぶ短くなった煙草を壮は掲げた。

「どーぞ」

ひゅんと振った刃は煙草の少し上を通過した。

「はず……」

れ、と壮が言い切る前に、碧は刃を返して、煙草を切断した。

「お、やるじゃん」

碧は、ひゅん、ひゅんと刃を振ってみた。意外なほどに手に馴染んだ。長さやら重さやらしなり具合やらを、壮なりに吟味してくれたのだろう。

「ついでって？」

更に素振りを続けながら、碧は聞いた。

「うん？」

「何の用事？　私は何のついでにされたの？」

「あ、怒ってるし」

「怒ってないし」と碧は言った。「言ってくれればいいのに。いつも、ヒデと壮に任せてばっかりだから」

「いいの、いいの。じゃ、次、動くやつで練習ね」

話を逸《そ》らされた。壮らしくなかった。

壮による練習は徐々に難易度を増していった。夜の十時過ぎになって、ようやく碧は解放してもらえた。倉庫の中には、分断されたペットボトルと、そこに入っていた砂とが散らばっていた。

「あとは、慣れだね。適当に何人か殺してみなよ。感じがつかめると思うから」

両手に砂の入ったペットボトルを持ち、碧の周囲を素早く移動し続けた壮だが、息一つ切らしていなかった。

「わかった。でも、これ、半袖のときはどうすればいいの？」

「へ？　だって、これから涼しくなるし、もう半袖はないでしょ」

ぽかんとした顔で壮が聞き返し、碧は自分の頭を小突きたくなった。その通りだった。自分たちには来年の夏などないのだ。

「近いうちにまた連絡するよ。たぶん、それが……」

言葉を選びあぐねた壮に、碧は頷いた。

「うん。わかった。それじゃね」

たぶん、それが最後の招集になる。

そういうことだ。

壮と別れて、いつも使っているマンションの部屋に戻る途中だった。駅を出て、少し歩いたところで、雨が降り出した。駅まで引き返そうかと、一瞬、足を止めかけてから、碧は逆に足を速めた。さほどの距離でもない。歩ききってしまったほうが早い。そう思ったのだ。けれど、雨脚は徐々に強くなり、あっという間に本降りになってしまった。マンションまでの道はもともと賑《にぎ》やかな通りではない。普通の住宅ならあるが、雨宿りができるような場所はなかった。左に曲がった少し先に線路をくぐる小さなトンネルがあるのを思い出し、碧は道を逸れた。小走りにトンネルに駆け込んだときには、髪も服もぐっしょりと濡《ぬ》れていた。トンネルに他に人影はなく、貧弱な蛍光灯が頼りなく瞬いていた。しばらく待ってみたが、雨脚は弱まりそうになかった。諦めて駆けるか、もう少し待つか、落ちてくる雨に手をかざしながら、碧が迷っていたときだ。向こうから誰かが走ってきた。ナイロン地のトレーニングスーツ。フードをすっぽりとかぶっている。その格好からでは、雨の中をトレーニングで走っているのか、雨を避けてトンネルに逃げ込もうとしているのか、わかりかねた。やがてその人がトンネルに入ってきた。すれ違いざま、フードの中の目と視線が合った。男。三十代半ば。それだけを確認して、碧が目線を切った途端だった。男が背後から抱きついてきた。

敵。渡瀬が先手を打ってきた。

一瞬、そう思った。それが思い違いであることはすぐにわかった。男の手は武器を持っていなかったし、首に伸びてくることもなかった。ただ碧の体をまさぐっているだけだった。髪には男の顔が当てられていた。荒い息が首筋にかかっている。

痴漢か。

怒りも湧《わ》かなければ、笑う気にもなれなかった。呆れたというのとも少し違う。碧の中にあるのは、ただ醒めたやるせなさだった。男が求めているのは人間の女なのだろう。けれど、自分はそれではない。仮に種が違うとわかっても、男は自分に欲情するのだろうか。

碧の体をまさぐっていた男の手が、やがて集中的に胸を触りだした。荒い息を吐きながら、尻に忙《せわ》しなく下半身をこすりつけてくる。男が体重を預けてくるせいでよろけてしまい、碧はトンネルの壁に押さえつけられる形になった。コンクリートの壁から水が染み出していた。雨音が蜘蛛の糸のように体にまとわりつき、碧をますます憂鬱にさせた。男に押されるまま、両手をトンネルの壁につき、碧は何となく自分の足下を眺めていた。捨てられた古い漫画雑誌。割れた空き瓶とラベルが剝がれた空のペットボトル。煙草の吸い殻。コンビニのロゴがあるビニール袋の中には、食べ残された弁当が入っているらしい。

かわいいね。

乱れた息の中で、男が喘《あえ》ぐように繰り返す。

かわいいね、君はかわいいね、とてもかわいい、本当にかわいいよ……。

男の手が下へと動いた。スカートをまくり上げようとしているのだと気づき、さすがに面倒になった。さっさと終わらせるのなら咎《とが》めるつもりもなかった。もともと碧は、人が死ぬ場に居合わせることが好きではない。それでも、これ以上は付き合いきれない。

碧は口を開き、音波を吐き出した。可聴領域をはるかに超える高い周波が、口のすぐ前にあるトンネルの壁にぶつかり、拡散していく。男の両手が碧の体から離れた。振り返ると、男が頭に手を当てて、眉根を寄せていた。少し顔を歪めてはいるが、苦しげというより、訝しげな表情だった。攻撃などとはとても呼べない。わずかな混乱。碧が普通の人間に与えられるのはその程度のインパクトだった。

けれど、今日はそれで十分。

碧は左の袖口から出ているリングに右の薬指を通した。引けば、するりと刃が抜ける。碧は無言で男の喉目がけて切りつけた。男が咄嗟に身を反らせたが、確かな手応えがあった。瞬く蛍光灯の白い光の中に舞った血飛沫《ちしぶき》は、赤よりも黒に見えた。男が両手で喉を押さえた。声が出ないようだ。ならば、悲鳴も上げられまい。そのまま刃を返して、もっと深く切りつけようとしたときだ。男の背中の向こう、別の誰かがトンネルに向かって駆けてくるのが目に入った。

「おい。何をしてる」

叫び声に、碧は口元を歪めた。駆けてくるのは、ビニール傘をさしたまだ若い男だった。

まずは痴漢の首にこのまま切りつける。自分の力では骨まで断つことはできない。首を深々とえぐったところで刃は止まるだろう。その刃を引くようにして抜き取り、再び振りかぶって、駆けてくる男の首に切りつける。いや、それでは間に合わない。抜くときに、上から下に引くようにして、駆けてくる男にはそのまま下から切りつける。逆袈《ぎゃくげ》裟《さ》のような軌道になるが、うまく首を狙えるだろうか。不安には思ったが、考えている暇はなかった。斜め上から首に食い込ませた刃を手元に引くようにしながら振り下ろす。太い血管を切った手応えと同時に、痴漢の首から血が噴き出した。棒立ちになっている痴漢の懐に飛び込み、やってくる若い男に備えた。駆けてきた若い男は、痴漢の体を脇にどけるように押しのけて、自分に飛びかかってくる。そのはずだ。痴漢の体が押しのけられた瞬間に下から切りつける。そのつもりだった碧は虚をつかれた。駆けてきた男は、さしていたビニール傘をその場に放り捨てると、低い姿勢で痴漢の体にタックルをした。完全に予想外だった。碧は痴漢の体と一緒に地面に押し倒された。逆袈裟に切り上げようとしていた刃が、弾き飛ばされた。噴き出している痴漢の血が碧の頰から首にかけてをべっとりと染めていく。のしかかってきた痴漢の体ごと足で押しのけようとしたが、足をうまく体に引きつけることができない。碧は奥歯を噛みしめた。輝ならば四本の腕を使って、二人を押しのけているだろう。壮ならば、二人分の男の体をまとめて空中に蹴り上げている。ヒデならば、倒れかかってきた二人の心臓を串刺《くしざ》しにしているはずだ。モモだって、静だって、こんな無様なことにはなっていないだろう。ひ弱な自分の体に悔しさがこみ上げた。役立たずな自分の能力に惨めさが募った。

若い男が立ち上がり、痴漢の体を転がすようにして碧の上からどかした。手から離してしまった刃が見つからない。立ち上がる前に、自分は男に組み伏せられるだろう。一度、組み伏せられたら、自分にはその男を押しのけるだけの力はないだろう。男はどうするだろう。叫んで近くの誰かに助けを求めるか、碧を組み敷いたまま自ら警察に電話するか。いずれにせよ、身柄を拘束されるのは避けられそうにない。みんなは即座に動くだろう。自分を拘束した警察署に乗り込んでくるはずだ。そこにいる何十人もの警官をすべて殺してでも、助け出してくれるだろう。まさか負けるとは思えないが、みんなも無傷では済まないかもしれない。仮に無傷で済んだところで、またみんなに迷惑をかけてしまうことに変わりはない。

碧が絶望的な気分に襲われていたときだ。立ち上がった男が、碧に手を差し出してきた。

「立てる?」

反射的に手を握り返した。男が強い力で引き起こしてくれた。

「血」

碧の顔を見た男が表情を引きつらせた。碧は自分の頬に手を当てた。痴漢の血がべっとりとついていた。

「怪我してたんだね。ごめん。立っちゃ駄目だね。横になって。ああ、せめて座って。救急車。そう。救急車。今、呼ぶから」

どうやら彼は自分を助けにきたつもりらしい。そう気づいて、碧は笑い出しそうになった。今まさに殺しの現場に来合わせて、殺人犯を捕まえるつもりで突進してきたというのなら、その必死さは納得できる。けれど、痴漢の現場に来合わせて、痴漢を止めるつもりで突っかかってきたというのなら、その必死さは碧の目にはむしろ滑稽に映った。

「違います。大丈夫です」

笑いを堪えながら言い、自分の足下を指差した。そのときにはもう、男が拠点の隣室に住む大学生らしき男だと気づいていた。彼も自分に気づいているらしかった。あるいは、気づいているからこそ助けにきてくれたのか。彼が碧の指先を追ってそちらに目をやる。

「私のじゃないです。あれの血です」

「あれって……」

死んでいることにようやく気がついたようだ。ぎょっとしたように一歩、後ろに下がり、彼は茫然と碧を見た。

「死んでるの？　今、僕が？」

タックルをするために顔を伏せて突っ込んできた。だから、碧が痴漢に刃を振るう光景を彼は目にしていないのだ。

碧は死体に近づき、かがみ込んだ。手をかけて少し浮かせてみると、刃は死体の下敷きになっていた。自分の体で男の視線を遮りながら、碧は刃を死体の下から抜き出した。それから地面に手をついたまま、足だけを伸ばすようにして立ち上がる。後ろから見ている彼は、せり上がったスカートの裾《すそ》に目を取られたはずだ。碧は素早く刃を左袖のケースにしまった。

「死んでるみたいです」

碧は振り返った。男が慌てて視線を碧の目に戻すのがわかった。

「倒れたときに、これが、偶然刺さったみたいです」

刃と一緒に拾い上げた割れた空き瓶を男に差し出す。

「偶然って、そんな……」

男が瓶に手を伸ばそうとした。間近で検証されても困る。忌わしいものを捨てるかのような苦い表情で、碧は瓶をトンネルの外に放り投げた。瓶が割れる音がした。

「あなたは悪くないです。私を助けようとしてくれたんですから」

トンネルの外に目をやった男が、そのままの姿勢で呟いた。

「ついてないな」

男は何度も首を振ってから、担いでいたデイパックを肩から外した。ファスナーを開け、中を探り始める。

「何を？」

「警察に電話しなきゃね」

馬鹿じゃないかと、ほとんど口に出しかけ、何とか堪えた。

「逃げませんか？　私、誰にも言いませんし」

碧にしてみれば、勘違いしたまま男が逃げてくれるのが、一番、楽だった。

「こんなことで人生、滅茶苦茶になったら、だって、つまらないです」

顔を上げた男の視線が、一瞬、迷うように泳いだ。が、男は首を振った。

「そうもいかないよ。人が死んだんだ」

「だって、痴漢です。私を襲ってきたんです。あなたが助けてくれなかったら、私、今ごろ、ひどいことをされてました」

言いながら、碧は左の袖に右手を伸ばし、薬指をリングに入れた。まるで壮に派遣されたかのようだ。殺されたがりの人間が、帰り道に二人も現れるなんて。

「そうでも警察には言わなきゃ。でもその前に」

男が顔を上げた。刃を抜くより一瞬早く、情けない顔のタヌキと目が合った。差し出されたものがあまりに意外で、碧は刃を抜きそこねた。紺地にタヌキの顔を白く抜いた手拭いだった。

「血、拭《ふ》いて」

「え？」

「血」

もう一度、ぐいと差し出され、碧はリングから指を抜き、その手拭いを受け取った。

「あ、ありがとうございます」

頬に当て、ついていた血を拭った。垂れ目のタヌキの顔が赤く染まった。

「あ、これ、洗濯して……」

返します、と言いかけ、洗濯したところで落ちないだろうと気がついた。

「いいよ」と男が言った。

「すみません」

「ああ、落ちないね。貸して」

碧が手拭いを渡すと、男は碧の顔に手を添えて、ごしごしと頬から首までをこすった。

「あの、そんな、いいです。汚れます」

「いいんだ。こんなの、実家からいくらでも送ってくる。ちょっと待って」

トンネルから手を突き出すようにして手拭いを雨にさらした男が、また碧の首をこすった。おかしな光景だった。頼りない蛍光灯だけが瞬く薄暗いトンネルの中で、死体を足下に、知り合いとも呼べない男が顔についた血を拭ってくれているのだ。笑える顔をしたタヌキの手拭いで。

「うちの親父《おやじ》、染め物の職人でさ。手拭いを作ってるんだ」

やっぱ落ちないな。

そう呟いた男は、手拭いを広げると、両手で持って、さっきよりも長い時間、トンネルの外に差し出した。雨がタヌキを濡らしていく。

「継ごうかと思ったときもあったんだけど、大学進学で東京に出てきて。就職することにした。就職先も決まったし」

十分に濡らした手拭いを持って碧の前に戻り、また熱心に首や頬をこすり出す。

作業としては目の前の小さな問題に集中し、思考としてはここから遠く離れた時間と場所に焦点を当てる。要するに、現実逃避だ。男はまだ目の前の死体を受け容れ切れてはいない。ならば、もう一度、強く揺すれば崩れる。

碧は、頬に伸ばされていた男の手を取った。

「だったら、やっぱり逃げましょう。せっかく就職先まで決まっているのに。こんなことで、あなたの人生が滅茶苦茶になったら、私、耐えられません。一生かけてもあなたに償いきれない。お願いします。私のために逃げてください。逃げて、それでも駄目で、警察に追われたら、私が自首します。この人、殺したのは私です」

「だって、そんなこと……」

「襲われた本人の私なら、きっとたいした罪にはなりません。だから、お願いします」

殺したほうが楽なのはわかっていた。今、男を殺すのに、十秒もかかるまい。輝に電話すれば、二つの死体など、すぐに処分してくれるだろう。それでももう、碧は刃を抜く気をなくしていた。

男を助けたいわけではもちろんない。罪の意識に苦しむ姿を見て、いたぶりたいわけでもない。ただ、その生態を客観的に観察してみたかった。自分たちが死んでもなお何割かは生き残るはずの人間という生き物を、もう少し身近に感じたい。これまで抱いたことのない欲求を碧は自分の中に感じていた。その感覚は、どこかで人間の生に対する執着とつながっている気がした。そうしたがっているのが自分なのか、『ＨＹＢ・ＧＨ／２０４５』なのか、碧にもわからなかった。

開いたままで落ちていたビニール傘を拾い上げると、男の手を取った。

「行きましょう」

碧は男の手を引いて、雨の中に飛び出した。

隆二からの連絡を受け、僕は井原とのトレーニングを早々に切り上げた。何かの間違いか勘違いであってくれればいい。そう思っていたのだが、僕が家に着いたときも状況は変わっていなかった。優実ちゃんの姿はなく、隆二も良介も強ばった表情をしていた。

ざっとリビングを見渡してそれを確認すると、僕は聞いた。

「いなくなったのは？」

「午後三時くらい」

隆二が答え、目線で良介に確認した。良介がコクコクと頷いている。その横に茫然とたたずむ岬さんの顔は真っ青だった。

「郵便配達のバイクがきたんだ」と良介がつかえながら言った。「ポストに何かを入れるのが見えた。僕の部屋の窓から。優実ちゃん、取ってくるって部屋から出て行って」

「ポストに行ったのは確認しているのか？」

良介は首を横に振った。

今日も優実ちゃんは、岬さんに連れられ、うちにきていた。良介の部屋に入り込んで遊んでいた優実ちゃんは、バイクの音に、窓の外を見た。郵便配達員がポストに何かを入れるのを見て、それを取りに行った。玄関から出て行く姿は岬さんが確認しているし、出て行く音はリビングにいた隆二も聞いている。優実ちゃんの足跡は、そこで消えた。

いつまでも戻ってこないことを訝しく思い、良介が階下に下りた。話を聞いた隆二が外に出てみたが、優実ちゃんの姿はなく、ポストには郵便物が残っていた。郵便物を取って家に戻り、岬さんに質してみたが、岬さんも優実ちゃんがどこにいるか知らなかった。隆二は念のために庭を一回りしてみた。が、やはり優実ちゃんはいなかった。そのとき、すでに優実ちゃんが玄関から出て行って三十分弱が経っていた。三人は初めて不安を感じた。帰ってきたときに備えて良介を家に残し、隆二と岬さんは近所を捜し回った。が、優実ちゃんの姿はなく、優実ちゃんを見かけたという人もいなかった。それからもう二時間近くが経っている。時間は夕方の五時過ぎ。

「警察へは？」

「いや、まだ……」

隆二が答えを濁し、僕に小さく目配せした。

「岬さんは、家に戻っていてください」と僕は言った。

「そんなこと……優実を捜します。私、もう一度、外を……」

動きかけた岬さんの腕を僕はつかんだ。

「家に戻っているかもしれません。何かの理由で外に出て、この家に帰る道がわからなくなって、自分の家に戻った。考えられると思います」

「でも、家に電話しても誰も出ません。父と母は病院へ行っているんですが、優実、家の鍵はいつも首から下げています。優実が家に戻っているなら電話に出るはずです」

「これから戻るということもあると思います。あるいは、家に戻る途中で道に迷ったのかもしれません。周囲に気をつけながら、家まで戻ってみてください。家に着いたら、電話をください。それまでに優実ちゃんが見つからなかったら、警察に届けることも考えましょう」

岬さんは小刻みに何度か頷いた。

「わかりました」

青白い顔のまま、岬さんは家を出て行った。

「渡瀬？　それともアゲハ？」

玄関の閉まる音を聞いてから、隆二が言った。強ばった顔に、怒りの表情を浮かべている。

「アゲハはないだろう。こんなやり方はアゲハらしくない」

「じゃ、渡瀬？」

少し考え、僕は首を振った。

「それも考えにくい。渡瀬には、すでに亘がいる。優実ちゃんを拉致するメリットはない」

玄関の開く音がして、沙耶がリビングに駆け込んできた。

「優実ちゃんがいなくなったって？　見つかったの？」

隆二が首を振った。

「何があったの？」

隆二がもう一度、優実ちゃんがいなくなったときの様子を説明した。

「巻き込んじゃったわね」と沙耶が唇を噛んだ。「誰の仕業？」

「兄ちゃんによれば、アゲハでも渡瀬でもないらしい」

「じゃ、誰？　まさか、本当に道に迷ったとか、そういうこと？」

「それならいいとは思うけど」と僕は言った。「可能性が一番高いのは、普通の誘拐だろう」

「は？　普通の誘拐？」

「金目当ての」

一瞬、虚をつかれたような表情をしたあと、沙耶は頷き、ため息をついた。

「お金なんてないのに」

「傍《はた》からはそうは見えないだろう。これだけ大きな家に住んでいるし、荏碕孝夫《たかお》の名前だって、知っている人は知っている」

かつてこの家の主人だった法律上の僕の父、荏碕孝夫は、錬金術師とまで呼ばれた名うての投資家だった。

「そうね。そうすると……」

「うん。この先、犯人が金を要求してくる可能性が高いと思う」

まさか行き当たりばったりに、大きな家から出てきた女の子を誘拐した、ということもないだろう。優実ちゃんがこの家に通うお手伝いさんの娘だということくらい、犯人はわかっていると考えるべきだ。いつの間に、どうやってかはわからないが、犯人はこの家を監視し、観察していた。

「どうするのよ?」

「わからない。それに他の可能性もある」

「他って?」

僕は首を振った。今、口にするべき可能性ではなかった。

「どのみち、今は犯人からの接触を待つしかない」

「警察へは?」

「岬さんが望むのなら届けるけど……」

僕が言いかけたときだ。家の電話が鳴った。渡瀬や井原を含めて、連絡には携帯を使っているし、家の固定電話が鳴ることは滅多にない。僕はリビングの片隅にある電話を取った。

「岬優実を預かった」

相手はいきなりそう告げた。声は甲高く歪んでいた。ボイスチェンジャーを使っているのだろう。僕はボタンを押して、電話機本体のスピーカーでも会話が聞こえるようにした。

「警察へは連絡するな。『荏碕システム』を用意しろ。荏碕孝夫の息子と、人質の母親。二人だけで持ってこい」

目を細めて電話機を睨んでいた沙耶が、僕に向けて小さく首を振った。沙耶の耳にも、犯人の年齢や性別は特定できないのだろう。

「どこへ行けばいい？」と僕は相手に聞いた。

「車に乗って、待て。母親の携帯に電話する。その家は我々の監視下にある。不審な動きがあれば、人質は殺す」

それだけ言って、電話は切れた。僕は受話器を戻した。

「発音からして、極端に幼かったり、年寄りだったりはしない。わかるのはそれくらい。周波数をいじられちゃうと、私の耳はてんで役立たず。ごめん」

沙耶がうなだれた。

「しょうがないよ」

僕は沙耶の頭をくしゃくしゃと撫でた。

「『荏碕システム』って、何なの？」と隆二が聞いた。

「ああ、それな」

父さんの資産は、その生前からとうに涸《か》れ果てていたのだが、そう知る者はほとんどいない。そして死後、荏碕孝夫の名前は伝説と化した。

「今は、多くの証券会社がアルゴリズム取引っていう手法を使っている。要するに、株の売買をコンピューターシステムに丸投げしてるんだ。荏碕孝夫は、アルゴリズム取引が一般化するはるか前に、独自のプログラムを使ってアルゴリズム取引の先駆けとなるようなことを実践していた。そのプログラムが人呼んで、『荏碕システム』」

「その存在を知っている人は、どれだけいるの？」と沙耶が言った。「そこから犯人を絞り込めない？」

「無理だね。ネットで『荏碕孝夫』ってワードを調べたことがある人なら、誰でも知ってる」

「そんなに有名なプログラムなんだ」と隆二が驚いたように言った。「全然、知らなかった」

「墓から掘り起こして聞いてみたら、たぶん、父さんも、そう言うよ」

「え？」

「ないんだ。そんなものは存在しない。都市伝説なんだよ」

その存在があまりに際立っていたからだろう。際立つ以上は、それなりの理由があるはずだ。人はそう考える。無理もない。けれど、父さんの成功は、特殊な論理や突飛な手法に裏打ちされたものではない。父さんが投資家として成功したのは……。

「私が投資家じゃないからだ」

まだ父さんの王国に莫大《ばくだい》な財産があったころ、父さんはそう言っていた。

「マーケットを動かしているのは機関投資家たちだ。彼らの多くは組織の一員で、彼らが動かしているのは他人の金だ。それがどういうことかわかるか？　ギャンブルをできないんだよ。彼らは勝つことを考えるのと同時に、リスクヘッジを考える。ほぼ同等ならまだしも、多くの機関投資家は後者を重んじる。仕方ない。彼らは潰れるわけにはいかないんだ。手元の資金をゼロにするわけにはいかない。そんな集団の中に、リスクへッジなんて欠片《かけら》も考えない人間が紛れ込んだらどうなると思う？　普通ならば、一・一倍。鉄板の本命馬がいる。ギャンブラーはそこに全財産を賭けられる。投資家は賭けられない。二番人気がきたら、三番人気がきたら。そう考えて、そのリスクをヘッジする。本来なら、一・一倍の本命馬のオッズが二倍、三倍と増えていく。ギャンブラーにとって、こんなおいしい賭場《とば》はない」

父さんはそう嘯《うそぶ》いていた。

父さんが、自分で言うほど乱暴な投資家だったとは思わないが、時代もよかったのだろうし、運もあったのだろう。総じて言うなら、そのころの父さんには勢いがあったのだ。時代が変わり、潮目も変わったのか、あるときを境に父さんの王国は急速に崩壊を始めた。その急速な崩壊が、傍からは鮮やかな退場に見えたらしい。荏碕孝夫は市場の凋落《ちょうらく》を見越し、莫大な資金を市場から引き揚げて引退した。人々はそう噂した。皮肉なものだ。『荏碕システム』は、一連のおとぎ話を象徴するアイテムで、父さんの死後にねつ造されたものだ。実在はしない。

「どうするの？」と隆二が言った。

「良介。適当にそれらしく見えるプログラムを作ってくれ。それで誤魔化すしかない」

緊張した面持ちでこくりと頷くと、良介は二階へと上がっていった。僕は携帯を取り出して、岬さんに連絡した。優実ちゃんは誘拐されていて、犯人から、たった今、連絡があった。そう伝えると、嗚咽《おえつ》とも悲鳴ともつかない声が聞こえてきた。

「すぐにこちらに戻ってください」

「警察へ連絡は？」

「まだです。ご相談してからと……」

「しないでください。お願いです。警察へは……」

「わかりました。とにかく、すぐにこちらにきてください」

僕は電話を切り、この先の動きについてしばらく考えた。

「井原さんたちはどう？」と隆二が言った。「こういうときにこそ、頼りになるんじゃない？」

確かに、頭数もいるし、装備もある。連携にだって慣れている。それでも井原の手は借りられなかった。

「駄目だな。連絡した途端、警察に通報されるよ」

余計なことはするな。それは警察の領分だ。井原はそう考えるだろう。今はアゲハと渡瀬に集中しろ。営利誘拐犯など相手にしている暇はない、と。

「言えてる。公務員は頭が固くて困るわ」と沙耶が言った。「私たちだけでやるしかないわね」

「でも、この家は監視しているって言ってたじゃん」

「はったりじゃない？」

「賭《か》けられる？」

隆二に言われ、沙耶が口ごもった。

「相手の指定通り、岬さんと二人で行くよ。それよりも、沙耶には頼みたいことがある」

「何？」

「うん。良介にも頼みたいから、あとで話す」

僕は戸棚代わりにしているリカーキャビネットを開けた。モデルガンのように飾ってある九ミリのオートマチックは、装弾された本物だ。銃をベルトに挟み、ジャケットで覆った。キャビネットの上にある置き時計が、もうすぐ五時半を指そうとしていた。今、優実ちゃんはどこにいて、何を考えているのか。そんなことを考えた。秒針の動きがやけに緩慢に見えた。

岬さんは、電話から三十分ほどで家に戻ってきた。そのころにはもう、偽物のプログラムも完成していた。岬さんは出て行ったときと同じ、裾の長い青いワンピースを着ていた。

「犯人が要求してきたのは、あるプログラムです。父が、株式市場の取引で使っていたとされるプログラムなんですが、実在しません」

「あ……え？　プログラム？　実在しないって……」

岬さんの目が僕の顔の表面を泳いだ。動揺していて、話を追い切れない。そんな様子だった。

「実在しないから渡しようがない。正直にそう言えば、優実ちゃんが危険です。だから」

僕はUSBメモリを掲げた。

「偽物のプログラムを作りました。意味のないプログラム言語の羅列ですが、しっかり検証されるまでには時間がかかるはずです。これで誤魔化すしかありません。チャンスは一度きり。これと引き替えに、優実ちゃんを取り戻さなくてはなりません。わかりますか？」

僕は岬さんの肩に手を置いて、その青ざめた顔を正面から覗き込んだ。

「失敗したら、次はありません。最悪、優実ちゃんは殺されるでしょうし、その可能性は決して低くありません」

岬さんは、一度こくりと頷き、それから何度も続けて頷いた。

「優実ちゃんの命が最優先です。それ以外のことは考えなくていい。いいですね？」

「はい」と頷いて、岬さんは頭を下げた。「よろしくお願いします。どうか、優実を……ああ……どうか、お願いします」

岬さんは頭を下げ続けた。僕はその向こうにいる沙耶を見た。ずっと閉じていた目を開けて、沙耶がやり切れない表情で微かに首を横に振った。隣の良介も首を振ってから、まだ頭を下げ続けている岬さんを泣き出しそうな顔で見ていた。その良介の肩越しに、痛ましそうな顔をしている隆二が見えた。

「行きましょう」

僕が言うと、岬さんが頭を上げた。目が真っ赤だった。

「皆さんは？」

「犯人は、僕と岬さんの二人だけと指示してきました。この家を監視しているとも言っています。ただのはったりの可能性もありますが、試してみるには危険すぎます。三人は家で待機させせます」

「わかりました」

僕と岬さんは家を出て、車に乗り込んだ。やがて岬さんの携帯が鳴った。びくりと体を震わせて、携帯を耳に当てた岬さんは、急《せ》き込んで言った。

「優実は無事なんですか？　優実は。せめて声を……声だけでも……お願いします」

取り乱した様子の岬さんに、僕は携帯を取り上げた。すでに通話は切れていた。

わっと助手席で泣き崩れた岬さんの背中を僕はゆっくりとさすった。

「岬さん、しっかりしてください。犯人は、何て言ってましたか？」

「環状八号線へ出て、羽田《はねだ》方面と。それだけで、切れました」

しばらくあとにまた電話してくるつもりだろう。僕は携帯を岬さんに返した。

「取り乱す気持ちはわかりますが、犯人の言葉は聞き逃さないよう、気をつけてください」

「わかりました。すみません」

岬さんは携帯を両手でぎゅっと握りしめた。僕は車を出して、環状八号線へ向かった。途中、僕の携帯がメールを受信した音はしたが、岬さんの携帯が鳴ることはなかった。

夜の七時前。環状線の内回りは混雑はしているものの、車は緩やかに流れていた。新幹線の高架をくぐったところで、岬さんの携帯が鳴った。緊張した面持ちで携帯を見ると、岬さんはきゅっと一度、唇を引き締めて、通話ボタンを押し、携帯を構えた。

「はい。この先を……ええ。交差点。はい。見えます。右折ですね」

気丈に受け答えをしながら、僕に目配せをして、先の交差点を指差す。僕は車を右折させた。

その後、何度か右折と左折を繰り返した。小さな駅を越え、住宅街を抜けて、さらに先を進むと多摩川《たまがわ》にぶつかった。土手の上の道を少し走ってから、河川敷に降りる道へ入り、整地されたグラウンドの脇で車を停めるように指示された。

「ここで、降りるんですか？　はい。川へ」

あ、と岬さんが言った。

「切れました。車を降りて、川へ向かって歩くように言われました」

すでに日は落ちている。土手の上の街灯の光は河川敷まではほとんど届かず、月明かりだけが辺りを薄く照らしている。僕は車に備え付けてあったマグライトを手にして、外へ出た。ふと思い出し、携帯にきたメールを確認した。やはり車を降りた岬さんが僕に問いかけるような視線を向けてきた。

「沙耶です。大丈夫か、と」

「ああ」と岬さんが頷いた。

携帯をしまい、マグライトをつけると、僕は川へ向かって歩き出した。すぐ横に岬さんが並ぶ。周囲を照らしてみたが、人影も、不審な車両もない。グラウンドを越えてさらに歩き、腰ほどの高さの草をかき分けると、川へ出た。河口も近い。暗い川面は、音さえなければ、淀《よど》んだ池にも見えただろう。

「ここで、何を……」

岬さんが呟いた。辺りを見回し、僕はマグライトを消した。見間違いかとも思ったが、少し先の草むらの中に、小さく何かが光っていた。岬さんもそれに気づいた。僕らはそちらに向かって歩き出した。

「持っててください」

僕はマグライトを岬さんに渡し、草むらをかき分けて、それを拾い上げた。

「何です？」

「船、ですね。どうやら」

模型の船だった。船首に小さなＬＥＤライトが光っている。プレジャーボートを模したものらしい。さほど精緻《せいち》なものではない。脇にあるスイッチを入れると、モーターが動き、後ろのスクリューが回転した。安物の、子供のおもちゃだ。

「あ、そこ。何かあります」

キャビンの部分に、折りたたんだ紙があった。指先で摘み出して、広げた。岬さんがマグライトをかざした。

『ここに持ってきたものを入れろ。スイッチを入れて、直角に向こう岸に向けて流せ』

そう印字されていた。

闇を透かしてみたが、さすがに向こう岸に人がいるのかどうかまではわからなかった。

「川の流れまで計算しているんだったら、だいぶ河口側で待っていることになります ね」と僕は言った。

「ええ。でも、優実は……」

「言われた通りにするしかないでしょう」

「そうですね」

僕はキャビン部分に持ってきたUSBメモリを入れた。スイッチを入れ、スクリューが回るのを確認してから、船を流した。船は河口へと流されながら、向こう岸を目指し始めた。船の形はすぐに闇に溶けた。しばらく見えていたLEDの光も、じきに見えなくなった。

これからどう動くつもりかと思った次の瞬間、携帯の着信音が鳴った。岬さんを振り返った。

「違います。私のじゃありません」

周囲を見回した。

「あそこです」

僕が指差した場所で、オレンジ色の光が点滅していた。草むらの中に携帯電話があるらしい。岬さんが慌てて駆け寄り、拾い上げた携帯を耳に当てた。

「もしもし？　優実は……あれ？　もしもし？　もしもし？」

「岬さん、裏です」

「え？」

僕は近づいて行って、岬さんが構えていた携帯を手にした。携帯の裏に紙が貼り付けてあった。携帯を岬さんに戻し、紙を広げてみると、地図だった。川の位置からするなら、今、僕らがいる場所に丸印があり、もう一ヶ所、ここから少し川を上った河川敷にバツ印がついていた。

「どうやら、ここのようですね。行ってみましょう」

「あの、これは何でしょう？」

携帯の裏には、紙の他に鍵がテープで固定されていた。小さな鍵だったが、何の鍵かはわかりかねた。

「行ってみればわかるでしょう」

岬さんが差し出した鍵を受け取り、僕は歩き出した。

バツ印が何を指しているのかは、到着する前にわかった。がらんとした河川敷に、ぽつんと古ぼけたコンクリートの小屋があった。僕と岬さんはそこへ駆け寄った。グラウンドの整備用具を入れておく小屋らしい。鍵は入り口のものかとも思ったが、薄い鉄板でできた引き戸に鍵はかかっていなかった。僕と岬さんが左右から引くと耳障りな音を立てながら開いた。僕はマグライトで中を照らした。真正面に、糸の切れた操り人形のように崩れている女の子の姿があった。

ああ、優実。

僕の隣で岬さんが甲高い叫び声を上げ、力が抜けたように膝をついた。優実ちゃんは動かない。生きているのかどうかもここからは判然としなかった。


「ああ、優実」

甲高い叫び声がコンクリートの小屋に響いた。すぐに駆け寄るだろう。そう思っていたのだが、昴は急がなかった。ぐったりとする人質にマグライトを向けて、その様子を観察しているようだった。その後、マグライトを左右に向けながら、ゆっくりと歩いて行く。芝刈り機やローラーやラインマーカーやとんぼ。その一つ一つを確認するように歩を進めていく昴に、武部は感心した。

さすがに用心深い。

要求されたものを渡し、人質の姿を視認した。普通ならば、そこで緩む。けれど、昴は緩まなかった。武部は息を殺して、ゆっくりと立ち上がった。昴はまだ気づいていない。青い布地をまくり上げて、そこに用意しておいた小さいオートマチックを手にする。体で隠すようにしながら、そっと昴の背後に忍び寄った。暗闇の中でマグライトを持つ昴の姿は、嫌でも目立つ。

　人質の脇に立った昴は、マグライトで人質を照らした。丸い明かりの中で、女の子がぐったりしている。

「ああ」と昴は言った。「手錠ですね。後ろ手に手錠がかけられています。これ、どうやら手錠の鍵です」

　昴が人質の背後にしゃがみ込んだ。

　今だ。

　武部がそう思った。その瞬間だった。眩しさに視界を奪われた。咄嗟に左手をかざした。何度か目をしばたたいて、光の向こうを見透かした。いったんはしゃがんだ昴が、立ち上がっていた。左手にマグライト、右手に銃。ともに武部に向けていた。

「銃を捨ててください。岬さん」

「何を……」

「右手を見えるところに出せますか？　それと、君もだ。優実ちゃん。動いたら、撃つよ」

　銃は動かさないまま、昴はマグライトだけを優実に向けた。優実はぐったりしたまま動かない。

「昴さん。いったい何を言ってるんです？」

　武部は何度も瞬《まばた》きを繰り返した。強い光を当てられ、すぐに逸らされたせいで視界がなかなか戻らない。昴はそれも計算の上でやっているのか。

「優実ちゃん。君だけでも違うんじゃないかって、期待したんだ。万が一にもない話なのにね」

昴の影法師が小さく首を振った。

「意識がない？　嘘だ。今、動こうとしたよね？　僕が手錠を外そうと手を伸ばしたら、左手で僕の手をつかみ、右手をぴんと伸ばして、まるで刺すように、ああ、毒物か。右手の爪をとがらせて、そこに毒物を塗ってある。そういうこと？」

優実はまだ動かない。けれど、意識を失ったふりをしながら、慄然《りつぜん》としているだろう。昴は完全に見切っていた。優実の爪の先には神経毒が塗ってある。そのもので命を落とすことはないが、体内に取り込まれた途端、急速に麻痺《まひ》を引き起こす。その後に武部が背後から撃ち殺す計画だった。

武部は歯嚙みした。

……優実。

十分に時間をかけ、じっくりと育てたはずだった。

私の最強の武器。

それが昴にはまったく通じなかった。

武部は体の陰に隠していた銃を出した。構える前に、再びマグライトを向けられた。

「銃を落として。両手は上に」

昴の銃はぴたりとこちらに向けられたままだった。いくら射撃の訓練を重ねたところで、人を撃つのは的を撃つのとは違う。一瞬の躊躇。それがあれば勝てる。武部はそう目論んだのだが、無駄だった。こちらに向けられた銃からは、昴の確固たる意思が見て取れた。

「なぜ？」と武部は聞いた。「いつから？」

銃を足下に落とし、両手を上げて、武部は殊更ヒステリックに叫んでみせた。

「いったい、いつからわかってたの？」

もはや自分では昴を取れない。難しくとも優実に賭けるしかない。それには昴の注意を存分に引きつける必要がある。

「日常生活の中で、やけに不自然な動きの多い人だとは思っていました。ただ、疑い出したのは、つい、この前です。探ったでしょう？　あれはやり過ぎでした」

「何のこと？」

「ズボンを脱がして、脱衣所で倒れかかってきたことがありましたよね？　僕の背中に手を回して。あれは全身の筋肉の付き方を探ってたんですよね？　僕が何のトレーニングをしているのか、調べようとしたんでしょう？」

歯ぎしりしそうになった。その通りだった。が、普通、あれだけの動きで、体つきを探っていたなどとわかるはずがない。

「それだけ？　たったそれだけで、私を疑ったの？」

「今日、出かける前に、確認してもらいました。良介と沙耶に。二人とも首を振りました。この誘拐があなたの仕組んだお芝居である合図です」

「合図？」

「さっき詳しい説明が届きました」

「説明って、何の話？」

「まず、お化粧。あのとき、あなたが本当に家に向かっていたのなら、家にたどり着く前に、僕からの電話があったはずです。だったら、メイクはどこで直したんでしょう？」

「メイク？」

「出て行ったときと違っていたと、良介が気づきました。娘が行方不明になり、その姿を捜しながら家に戻っているはずの母親が、メイクを直しちゃいけません」

あのとき、昴の家から駅へと向かったが、電車には乗らなかった。電話をしなければならなかったからだ。ボイスチェンジャーを使っても、優実では、さすがに喋り方で幼さを気取られる。駅の反対側の住宅地にある電話ボックスは、だいぶ前に探しておいた。そこで電話をし、昴からの電話を受けたあとは、駅前のトイレにこもって、時間をやり過ごした。その際に、何の気もなくメイクを直したのは事実だったが、落としてやり直したわけではない。ほんの軽く整えただけだ。気づくほうがどうかしている。

「それと、戻ってきたあなたにプレッシャーをかけました。覚えてますか？　僕はこう言ったんです。失敗したら、次はありません。最悪、優実ちゃんは殺されるでしょうし、その可能性は決して低くありません、と」

「それが？」

「沙耶によれば、それでもあなたは動揺しなかったそうです」

「なぜ、そんなことが……」

「心臓の拍動が一定だったからです」

「拍動？　心臓の……音？　それが聞こえるとでも？」

「ええ」

昴はあっさりと頷いた。

「聞こえるんです。もう少し親しければ、最初からあなたが嘘をついているかどうか、沙耶にはわかったはずなんですが」

化け物どもが。

髪をかきむしりたくなった。

「ついでに、良介からはいつもと歩き方が違うという忠告もありました。太ももの内側に何かがあるようだと。銃はそこに隠していたんですね？」

不意に昴が動いた。右足を上げて、下ろしただけ。下ろした右足が優実の右手首を踏みつけていた。

ぎゃっと叫んだ優実が、腹ばいになったまま昴を睨み上げた。

昴の注意を引こうとしていた武部自身、昴とのやり取りに気を取られていた。優実が動いたタイミングは完璧だったはずだ。それでも昴には読み切られた。手錠の鍵がかかっていないことは、とうに見越していたのか。昴が足を下ろしたとき、優実の手首から鈍い音がした。骨が折れたのだろう。優実の噛み締めた唇から血が出ている。

「僕のほうからも、聞きたいことがあります」

優実の動きなどなかったかのように、平然と昴が言った。

「岬さんは、どうしたんですか？　あなたが母親だと言っていた、以前、まだ父さんが生きていたころに、うちにお手伝いさんとして通ってくれていたほうの岬さんは」

「最後に口をきいたのはいつだった？」

「孫を連れて娘が出戻ってきたと、電話で話したのが最後です」

「その電話を切った二秒後に死んだわ。彼女が電話している間、銃を突きつけられていた旦那さんも、その三秒後に死んだ」

「ひどいことをする」

「そうね。でも、それが仕事なの」

「二年近く前から、あなたを送り込んでいたわけですか。渡瀬でしょう？」

そう言った昴の足下で、優実が身じろぎをしていた。踏みつけられた右手の先に、左手を伸ばしている。何をしようとしているのかが、武部にはわかった。

「言えないわ。この仕事、守秘義務が厳しいの」

「そうですか」

「でも、それ以外なら教えてあげてもいい。この仕事の報酬とか、知りたくない？　あなたの値段は破格だったわよ」

さすがだった。優実は無言でやってのけた。武部は胸が熱くなった。かなうことなら、駆け寄って抱きしめてやりたかった。

優実が左手の爪を差し込んで、右手の中指の先から爪をはがした。うめき声一つあげなかった。神経毒が塗られた爪を、昴の足に突き立てようとしたとき、その行動を読んでいたかのように、昴は足をどかした。そのまま足が旋回して、ほとんど寝転んだ姿勢でいた優実の顔面を蹴飛ばした。獣のような悲鳴を上げて、優実は壁際まで吹き飛び、それきり動かなくなった。今度は本当に意識を失ったようだ。

「どんな教育してるんです？」

昴が呆れたように言った。

「まだ五歳でしょう？」

「もう六歳よ」

「そうでしたっけね」

昴は軽く笑って、銃を下ろした。マグライトは武部に向けたままだ。

「岬さん。もう一つ聞きたいことがあるんですが」

「何かしら？」

「こんなやり方じゃなくても、僕を殺す方法はあったはずです。一番簡単なのは毒物。料理に毒を盛ればよかった。違いますか？」

「依頼は、あなたを殺すこと。良介さんや隆二さんまで殺す危険があるような真似《まね》はできない。あなたのお皿に盛っても、ほら、隆二さんなら、さっと手を伸ばして食べちゃいそうじゃない？」

「確かに」と昴は笑った。「やりそうですね」

渡瀬浩一郎の依頼は昴を殺すことだった。が、隆二や良介を巻き込んでも、文句はなかっただろう。それはわかっていたのに、そうする気にはなれなかった。

情を移したわけではない。たぶん、それは保険だったのだろう。今になってみればわかる。自分は潜在意識のどこかで、初めから負けを認めていたのだ。こうして昴と向き合うときがくるのをわかっていた。だから、保険をかけたのだ。

「一つ、お願いしていい？」と武部は言った。

「聞きますよ」

「優実は殺さないで」

マグライトの向こうに、どうにか昴の視線を捉えて、武部は言った。

あなたの隆二や良介を私は殺さなかった。だから、あなたも私の優実を助けて。

独りよがりなその論理が昴に通じたのかどうかはわからなかった。が、昴の目がふっと緊張を解いた。

「殺さないですよ。この子は僕らと同じです」

意味を問い返す気はなかった。昴の目は信用できた。

「近くの病院に置いてきます。それでいいですね？」

「ありがとう」

心からそう言っていた。

生まれる前も、生まれたあとも、「優実」はただの「それ」だった。妊婦であることが、赤子の母であることが、この仕事にもたらす利は計り知れない。相手は簡単に警戒を解き、易々と懐に入り込むことができた。けれど「それ」をいつまでも育てるつもりはなかった。いつか捨てる。そのつもりだった。心境が変わったのはいつからだったろう。目くらましの小道具から、殺傷能力のある武器に育てる。自分ではそうしたつもりでいたが、それも捨てないための言い訳だったのかもしれない。この仕事を始めるとき、

「それ」に初めて名前をつけた。「それ」は「優実」になり、道具が娘になってしまった。そして、今、死を前にして、娘の成長に思いを馳《は》せている自分がいた。こんな生活をしていたのだ。まともに育つはずはない。けれど、こんな生活をしていたのだ。誰よりもしたたかに生き延びるはずだった。

「礼を言うのはこちらのほうです。長い間、お世話になりました。焼き菓子、いつも、おいしかったですよ。ほら、ついこの前のも」

「ああ、おから入りの？」

「ええ。絶品でした。ご馳走《ちそう》様でした」

「いいえ。お粗末様でした」

にこりと笑って一礼し、武部は足下にあった銃を真上へと蹴り上げた。今まで感じたことのない感覚だった。すべての動作がスローモーションのようにはっきり知覚できる。蹴り上げた銃が、武部の目の前にきたとき、すでに昴は銃を持った腕を上げ終えていた。武部の手が空中の銃のグリップをつかみ、昴に照準を合わせ、引き金にかけた指先に力を込めるその寸前まで、昴が向けた銃口はぴたりと武部の胸に向けられていた。もしこの指先に力を込めなければ、昴はどうするのか。そんな思いが浮かんだが、そうするつもりは毛頭なかった。

いいわ。悔いなく、殺させてあげる。

はじめて取り逃がした標的への、せめてもの心遣いだった。武部が指先に力を込めようとした途端、周囲の景色が流れた。胸を撃ち抜かれた自分の体が、後ろへ弾き飛ばされたのだと気づいた。

背中から倒れたはずだが、痛みは感じなかった。

「あなたを責める気はありません」

昴の声が聞こえた。体はもう動かなかった。力を入れることすらできなかった。

「ずいぶん、心が広いのね」

頭の中だけの問いかけに、昴が答えた。

「そういうのとも違うと思います。ただ……ただ、何でしょう。きっとすべてが……」

昴が近づいてきた。両腕で優実を抱いている。

「聞こえないわ。きっとすべてが、何ですって？」

昴が顔の脇でしゃがんだ。優実の足を抱き上げていた右手を外し、武部のほうへ伸ばしてくる。

「川が流れるみたいに……風が吹くみたいに……違うな……それも違う」

武部は昴の口が動いていないことに気づいた。悲しげに武部を見下ろした昴が、武部の瞼を下ろした。それでも武部には昴の姿が見えた。再び両腕で優実を抱いて立ち上がり、歩き去っていく。気づくと、自分が拡散し始めていた。縁からどんどん薄らぎ、薄らいだ部分は虚空に散って消えていく。

「むしろ落ちた果実がいつか芽吹くように……」

どこかで昴の声がした。武部は自分が消滅するのを感じた。頬を撫でた柔らかな風に、そのまま溶けていくような感覚だった。

それは決して悪い気分ではなかった。


見下ろすキャンパスに、今日も学生の姿はまばらだった。生ぬるい風が頬を撫で、あくびを一つしかけたところで、突然、背後から首を絞められた。

「何だよ、おい、こら、聡志くん。生きてたのかよ。心配したじゃないの。一週間も顔を見せないで、どこで浮気してたのよ。どこの女と乳繰りあってたのよ。何カップの女よ……って、あら？」

おざなりに腕をタップした聡志に、友人はすぐに力を緩めた。

「すまね。今はボケる体力も、突っ込む気力もない」

「おやおや？　ああ。ええ？　マジかよ」

聡志の横に並んで窓枠に肘をつき、友人は目まぐるしく表情を変えて見せた。

「すまね。解説を頼む」

「おやおや、聡志くんはいったいどうしてしまったんだろう？　ああ、きっとこれはこの前話していた女の子のことに違いない。ということは、ええ？　聡志くんったら、いきなりその子と急接近しちゃったわけだね。表情からするなら、急接近しすぎて自爆しちゃった感じ？　ってことは、約束していた合コンはなしか。マジかよ」

「合コンを約束した覚えはないが、あながち的外れじゃない辺りが、微妙に癪に障る」

「よーし」と友人は笑って、聡志の肩を抱いた。「あっちで、話、聞こか？」

「任意か？」

「甘えるな。強制だ」

友人に肩を抱かれたまま、階段教室を出て、学食に席を移した。お昼をとうに過ぎた時間でもあり、人の姿はまばらだった。聡志を席に着かせると、何か頼むのかと聞きたそうな調理場のおばちゃんに手を振り、友人は二つのコップにサーバーの水を汲《く》んで戻ってきた。

「俺のおごりだ」

「悪いな」

「気にするな。それで？」

「うん」

聡志は曖昧《あいまい》に頷いて、水を一口飲んだ。まさか人を殺したことまで告白するわけにはいかなかった。

あの夜、聡志は彼女に手を引かれるまま、マンションまで駆けた。部屋の前までくると、彼女はうかがうように聡志を見上げた。

これから、どうしますか？

そう聞いているようだった。

か弱げなその視線に、胸が高鳴った。

部屋に誘ったら、彼女はくるだろうか。

頭をよぎった不埒《ふらち》な思いは、すぐに握り潰した。

年端もいかない少女が、知らない男に襲われ、体をまさぐられたのだ。しかもその男は、自分を助けようとした男によって殺されてしまった。今、彼女にはいくつもの罪悪感が襲いかかっているはずだ。それにつけ込むなんて、最低だ。

「今夜のことは忘れたほうがいい」と聡志は彼女に言った。「あんな男のことは忘れるんだ。シャワーを浴びて体を温めたら、すぐにベッドにもぐりこんで、眠れるまで目を閉じる。何も考えずに」

「そうですか」

彼女は頷き、聡志の肩越しに目をやった。

「丸山さんっていうんですね」

部屋の表札を見たらしい。

「ああ、うん。そう。丸山聡志。聡《さと》い、に、志す。君は……」

目をやったが、隣室に表札がかかってないのは知っていた。

「アオイです。ミドリのアオイ」

一瞬、考え、『碧』だろうと思い当たった。

「上は？ 何、碧さん？」

「上はないです。ただの碧」

「え？」

「おやすみなさい」

碧はそう言って、自分の部屋に入っていった。

「あ、うん。おやすみ」

閉じたドアに向かって呟き、聡志も自分の部屋に戻った。彼女に忠告した通りに、自分もシャワーを浴びて、すぐに寝るつもりだった。何も考えずに。けれど、さすがにそうもいかなかった。十分に体を温めてベッドに入ったが、眠りはなかなか訪れなかった。

死体はもう発見されているだろうか。捜査が始まっているのだろうか。殺人事件として扱われるのだろうか。あれは事故だったと、今からでも名乗り出たほうがいいのではないのか。

聡志はベッドから出た。普段、酒を飲む習慣がないので、部屋にアルコールは置いていなかった。コンビニで買ってこようと思い、身支度をした。キーホルダーを取り、財布を捜していると、部屋のドアがノックされた。

警察。

一瞬、ドアと、その反対側にある窓を見比べた。部屋は三階だった。窓から飛び降りて、無傷で着地できる高さではない。

もう一度部屋がノックされた。

「あの、丸山さん」

碧の声だった。ほっと息を吐くと、聡志はドアを開けた。

「どうした？」

やはりシャワーを浴びたのだろう。髪の毛がまだ湿っていた。火照《ほて》った頬に少し赤みが差している。スウェット地のパーカを着て、同じ生地のパンツをはいていた。制服姿でない格好が新鮮だった。

「あの、やっぱり私」

「うん？」

しばらく迷い、顔を上げた碧がためらいながら言った。

一緒にいましょうか、と。

「ちょっときっかけがあってね」と聡志は友人に言った。「一週間前、俺の部屋に彼女が初めてあがった」

「ねえ、ねえ、聡志くん、聡志くん。今、すっげえ核心部分が、すっげえすっ飛ばされた気がするんだけど」

「気持ちはわかるが、そこはあんまり気に病むな。お前が悪いんじゃない」

「りょーかい」

「それから昨日の夜まで、ほとんどの時間を彼女は俺の部屋で過ごしてた」

「あらあら、何だよ。もうできあがってるのかよ。ああ、じゃあ、何？　踏まれたとか、縛られたとか、そういう悩み？」

「そういう悩みじゃない。そもそも、何にもしてない。手だって握ってない」

それから六日間、碧は聡志の部屋にいた。着替えやシャワーのときは自室に戻ったが、それ以外はほとんど一緒に過ごした。彼女が簡単な食事を作り、それを食べ、眠るときも一緒のベッドで眠る。体を交えてはいない。手を握ってもいない。ただ二つの死体のように並んで寝た。時折、目を覚ますと、碧が自分を見ていることがあった。

「眠れない？」

聡志が聞くと、碧はいつも首を振り、目を閉じた。それでも眠れていないか、浅い眠りの中でまどろんでいるだけのようだった。

それは聡志だって同じだった。人を殺したこと。その罪の意識は時間を追うごとに、重くのしかかってきた。

「手も握ってないって、それじゃこの一週間、何してたわけ？　俺のメールもスルーだったよな？」

「ただ話をしてた」

「話？」

「そう」

カーテンを閉め切った狭い部屋で、二人は互いに背中を預けるように座った。テレビをつけているときもあったし、音楽を流していることもあったけれど、二人ともそちらに耳を傾けてはいなかった。碧は聡志にまつわる様々な話を聞きたがり、聡志はそれに応じた。聡志のルーツにまつわる話に、碧は特に興味を示した。両親や家族のこと、生まれた町のこと、幼いころのこと。そのくせ、聡志が促しても、自分のことは何一つ喋らなかった。

とても不幸な子供時代だったのかもしれない。

聡志はそんな風に想像していた。

自分が得られなかった幸福な子供時代を、他人の記憶を聞くことで埋めようとしているのかもしれない。

昨夜は幼馴染みたちのことを話して聞かせた。進学で東京や大阪へ出たのが三割ほど。

残りの多くは地元で就職していた。

「今は、もう会わないんですか？」

背中越しに碧が聞いた。

「夏に帰省すると、会うよ」

碧の質問に答えているのだけれど、それは独り言みたいだった。

「特段、待ち合わせるわけでもないけど、神社のお祭りがあってさ。そこで会うのが、何て言うか、お約束になってる。屋台でビールを買って、神社の裏手に行けば、だいたい誰かがいる。ビールを飲んで駄弁《だべ》ってると、一人、二人と集まってきて、お祭りが終わるころには、ほとんどみんなが集まってるな」

「楽しそうですね」

ああ、と聡志は思いついて、碧を振り返った。気配に碧も聡志のほうに首をねじった。

「今度、行ってみない？　もう今年は終わっちゃったから、来年の夏になるけど」

ふっと彼女の表情が和んだ。今までが険しかったわけではない。けれど、彼女が本当に和んだときの表情を聡志は初めて見た気がした。

「いいな」

呟くように彼女が言った。

「行けたら、いいな」

「行こうよ」

聡志は体ごと振り返って、言った。

「うん。夏なら、ほら、昨日、話したダルマ橋にも連れて行ける」

その前の日に、小学校のころの夏休みの想《おも》い出を話したばかりだった。手足を縮めて、そこから川へ飛び込むから、ダルマ橋。近所の子供たちはみんなそう呼んでいる。川面までは三メートルほどあるはずだ。小学校三年生までに飛び込めたら英雄になり、小学校五年生でまだ飛び込めなければ弱虫と笑われる。

「大人が落ちたらお尻を打つんでしょう?」と碧は笑った。

「そう。子供だけの特権。だから、俺たちは無理だけど、今でも、みんな飛び込んでると思うよ。こんな風にダルマになって」

手足を縮めた聡志を見て、碧が微笑んだ。その微笑みがすっと消えていく。

「でも、来年の夏は、私……」

「あ、もう予定が入ってるとか? 誘うの、遅かったかな」

聡志は笑ったが、彼女は笑わなかった。

「そうかも」

「え?」

彼女が不意に立ち上がった。視線が部屋のドアに向いていた。

「どうした？」

「戻ります。友達がきたみたい」

「友達？　きたみたいって、え？　今、音とかした？」

それには答えることなく、彼女は靴を履き、ドアに手をかけた。

「振り向いたんだ。彼女、ドアを開けるときにさ。俺のことを。何か言いたそうな顔で。でも、俺は気づかないふりで手を上げた。じゃあね、って感じで。友達って言われてさ、ちょっと動揺した。もう夜だったし、普通の友達が訪ねてくる時間じゃなかった。だから、男かな、とか思って」

「うん」と友人は頷いた。

「拗《す》ねたんだ。大人げない」

君のために人を殺したのに？　その「友達」が優先なの？　自分がそう言い出しそうで怖かったのだ。それはもちろん、友人には言えなかった。

「謝ればいいんじゃね？　素直さは君の数少ない美徳の一つだよ」

「そう思ったんだけどさ。いなくなっちゃった」

「は？」

「今朝、彼女の部屋に行ったんだ。ドアをノックしたけど、返事がなくて。何か、嫌な予感がしたんだ。で、ドアのノブを回したら、鍵がかかってなかった。部屋を一目見て、もういないのがわかったよ。この部屋にはもう誰もいないって」

「確かめたのか?」

聡志は頷いた。

「あがってみた。家具は残ってた。テーブルとか、電気製品とか、ベッドとか。でも、他には何もなかった。綺麗に空っぽ」

「また戻ってくるんじゃないのか?」

「こないと思う。本当に何にも残ってなかったんだ。服とか、洗面用具とかはもちろん、ゴミ一つ、ちり一つ落ちてない感じ。下手すりゃ指紋まで拭き取ったんじゃないかってくらい綺麗で」

そこに誰かが住んでいた気配すら残っていなかった。昨日の夜まで一緒にいたはずの碧という女の子が、存在していた過去まで含めて、この世界から消えてしまったような頼りなさを覚えた。そしてそれは、他ならぬ碧自身の意思であるような気がした。

「そっか」と友人は頷いた。

もう少し言いたいことはあった。

一度だけ、聡志は彼女の寝言を聞いていた。

……どうせ一人よ。

どんな夢を見ていたのか。どんな場面で、誰に向けた言葉だったのか。それはわからないけれど、寝言はひどく冷たい呟きだった。人のいない、荒涼とした場所で、自分自身に言い聞かせるような、そんな呟きだった。

自分は彼女に手を伸ばしたつもりだった。でも、彼女の表面にすら触れていなかった。それはたぶん、自分が今を守ろうとしたからだ。

聡志はそんな風に感じていた。

ここにある今の日常。学生であること。内定を取ったこと。父や母の息子であること。誰かの友人であること。そういうものをすべて捨てれば、彼女に触れられたかもしれない。

「全部捨てて、俺と一緒に逃げないか？」

そう言って、彼女が逃げてくれたかどうかはわからない。けれど、戸口で振り返った彼女は、あのとき、そんな言葉を待っていたんじゃないか。そんな気がした。

「なあ」と聡志は友人に聞いた。「お前、今、幸せ？」

頷きかけて、友人は笑った。

「今、兄貴が家に帰ってきてるんだ」

「うん？」

「就職して、一度、家を出たんだけどさ。このたび、めでたく退職なさって、実家に帰ってきて、自分の部屋で籠城戦《ろうじようせん》だ。誰も攻めちゃこないのにな。親父はあと三ヶ月で定年なんだけど、退職金がほとんど出ないらしい。定年後の再就職先も、当たってはいるんだけど見つからない。そんなこんなで、お袋は最近、感情の起伏が激しくてね。すぐに怒るし、すぐに泣く」

「そっか。大変なんだな」

「うん、大変なんだよ」と友人は笑った。「でも、それが大変だと思えない。すっごい幸せだとも思えないけど、まあ、こんなもんだよなって、何だろ。落ち着いちゃってるの、妙に」

「そっか」

「幸せっていうより、不幸に鈍感になってる感じ。こういうのも、ポジティブシンキングって言うのかな?」

「言わないだろ」

「そだよな。言わねえよな」と友人は頷いた。

　五時限目の始まりを知らせるチャイムが鳴り、学食にいたわずかな学生たちがざわざわと動き始めた。つつがなく流れる日常が、なぜだか急速に現実感を失っていくように思えた。

4

黒塗りの座卓を前に一人あぐらをかき、大曾根誠はぼんやりと床の間を眺めていた。大小が掛かった刀掛けの横に一輪挿しがあり、白い花が生けられている。掛け軸には、泰然と春の山々を愛《め》でる心境を記した漢詩が几帳面《きちょうめん》な字で書かれていた。四十年前の総理大臣の手によるものだ。そこまでさかのぼろうと歴代総理の名前を思い浮かべはじめて、五人目ですぐにやめた。ねじっていた体を戻し、座卓の上の急須《きゅうす》から湯飲みへ茶を注ぐ。

赤坂《あかさか》にあるこの日本家屋は、ほんの三年前まで料亭として使われていた。今、大曾根がいるのも、かつては政官財の重鎮たちが、頻繁に会合を重ねていた部屋だった。政治家たちが料亭での会合を手控えるようになり、ついに女将《おかみ》が閉鎖を決めた。それ以来、たまの手入れをするだけで空き家となっていたところを、今日、大曾根は馴染みの女将に無理を言い、特別にあけてもらっていた。

午後三時。都心の一角とは思えないほどの静寂だった。女将は入り口の近くに控えているはずだ。相手が店にやってくれば、当然、案内の声が上がるだろう。その思い込みが油断を生んだ。静けさは破られることのないまま、襖《ふすま》がすっと開いた。

「お待たせしましたかね」

いつも通りだった。頭をかがめるようにして部屋に入ってきた渡瀬浩一郎は、大げさな挨拶も、芝居じみた握手もなしに、下座に腰を下ろした。大曾根は目の前の急須から茶を注ぎ足すことで、わずかな動揺を押し隠した。

「いや。それほどでもない」

急須を戻し、湯飲みを手にする。ごく小さな手の震えが、茶をわずかに波立たせる。

「お一人ですか？」

部屋にはもとより、この場所にも一人でやってきていた。普段の大曾根にはないことだった。

「君は？」

質問には応じず、大曾根は質問を返した。

「秘書が一人。部屋の外で待たせています」

渡瀬は目線で入ってきた襖を示した。

「そうか」

頷いて大曾根は茶を口に含んだ。

「いい店ですね」

渡瀬は気楽な様子で部屋の中を見渡した。

「もう店ではない。三年ほど前に閉めたんだ。だから、座布団と茶しか出ないぞ」

手元にあった急須を持ち上げ、差し出した。座卓越しに受け取った渡瀬が、目の前に用意されていた湯飲みに茶を注ぐ。

「今日は市ケ谷《いちがや》から？」

湯飲みを手にした渡瀬に、大曾根は尋ねた。

「ええ。ただ、このあとは富士へ」

「ずいぶんとご執心だな。たまには市ケ谷の連中とも遊んでやれ。ろくにデートにも誘えないと、嫉妬《しっと》してる」

「そうですね」

頷いた渡瀬は、湯飲みを口元で構えたまま大曾根を上目に見ていた。らしくない軽口だったと、大曾根は口をつぐんだ。

「以後、気をつけますよ」

それきり渡瀬が口を開く気配はなかった。今日の会合は、大曾根が望んだものだ。必要がないのなら、先にカードを切る男ではない。

「会計検査院が興味を持っているようだ」

大曾根は静かに口火を切った。

「例のシェルター。工事費が過剰に見積もられているのではないかと」

「そうですか」

渡瀬がそれだけ言って、大曾根を見返した。

だとして、何の問題が？

目線がそう突き放していた。

「外交防衛委員会であれ、予算委員会であれ、俎上《そじょう》に載せられれば、その妥当性に根本的な疑義が呈されるかもしれない」

「疑義？」

「まさか国民全員を収容できるわけもない。だったら、国民の目に、あれは権力者たちが家族や関係者を逃がすためのシェルターなのだと映りかねないだろう。実際、私の目から見ても、あれが国家に必要な施設とは思えない」

「論議の対象になった際には、庇いきれない、と？」

庇われることなど微塵も求めていないのは口元の笑みでわかる。

「違う。せめて私には、納得のいく説明をしてくれないかと言って……」

大曾根は言い直した。

「頼んでいるんだ」

「説明ならば、したはずですが」と意外そうに眉をひそめて、渡瀬は言った。「お忘れですか？」

口元の笑みは消えていなかった。

「愛についての話か？」

「ええ。愛についての話です」

「私が聞きたいのは政治の話だよ」

「ですから、それが、政治の話です」

腹芸なら慣れているつもりだった。これまで、相手を煙《けむ》に巻くような言動もしばしば取ってきた。それでも、目の前の相手に比べれば、自分などかわいいものだと大曾根は思う。いや、きっと比べること自体が無意味なのだろう。渡瀬には、相手を騙《だま》すつもりも欺くつもりもない。それでも相手がそうされたと感じるのならば、それはただ単にその人が、渡瀬浩一郎という人間を理解できていないというだけのことだ。

何が望みだ。

そう問い続けても、意味がないのだろう。大曾根は質問を変えた。

「あのシェルターには、誰が入るんだ？　君か？」

「状況にもよりますが、おそらく違うでしょう。私は入らないと思いますよ」

「では、誰が？」

「誰が、ですか……そうですね」

呟いた渡瀬が、偏頭痛を感じたかのようにこめかみの辺りを指で押した。風の流れる音がして、障子に映っていた松の枝の影が揺れた。そこから飛び立った小さな鳥は、雀《すずめ》か、目白か。

「たとえば、疫病が流行《はや》ったとしましょう」

こめかみから指を離して、渡瀬が言った。

「疫病？」

「一四世紀にヨーロッパを襲ったペスト菌を想像してください。今回は菌ではなくてウイルスなのですが、それはいいとしましょう。ペストよりも、致死率が高く、感染力が強い疫病が流行したら、どうしますか？」

「どうするというのは、政治の話か？」

「もちろん、政治の話です」

大曾根は考えた。たとえば細菌。たとえばウィルス。それらが危機を引き起こしたとき、日本は他の多くの国と違って、水際作戦である程度の効果を期待しうる。ただし、それも渡り鳥などが媒介する細菌やウィルスには効果が薄い。

「媒介は？」

「突然変異はあり得ますが、当面はヒト」

「ならば、厳しい検疫を行うことになるだろう。場合によっては港や空港の閉鎖もあり得る」

「いえいえ。疫病の発生地は、ここ。日本です」

渡瀬が指先で座卓を叩き、大曾根は言葉を呑んだ。

「致死率は？」

「感染すると、およそ八割が発症し、発症すれば二十四時間以内に死に至ります」

ただの思考実験とわかっていても、喉の渇きを覚えるような想定だった。その場合、水際作戦とはまるっきり逆の状況が生まれる。日本を隔離さえすれば、とりあえず疫病の拡散は抑えられる。諸外国の為政者たちはそう考えるだろう。致死率の高いウィルスとともに、日本人は国土の中に押し込められることになる。極端に言うのなら、諸外国の為政者たちは、日本人が国土の中で死滅してくれるのを待てばいいのだ。あとは、ヒト以外の生物にも感染するような突然変異が起きないように、祈っていればいい。もちろん、人道的な見地からの批判や運動は起こるだろう。が、ウィルスの力が強ければ強いほど、それらの声は社会の片隅に追いやられていく。

茶で唇を湿らせ、大曾根は言った。

「まずは渡航の禁止。相手から隔離される前に、自分で封鎖する。そのほうがのちに海外からの援助を得やすい」

「なるほど。さすがです」

呟いて、渡瀬は湯飲みの中の茶をゆっくりと飲んだ。湯飲みを戻し、目線で話を促す。

大曾根は思考を続けた。

「感染者の早急な洗い出しと、速やかな隔離。感染経路は血液感染か？　それとも接触感染？」

「空気感染です」

思わず、ぐっと喉が鳴った。絶望的な状況だ。

「至急、法令を整えて非常事態宣言。不要不急な外出の禁止。陸自、化学防護隊を出動させて、都市の治安を維持。国立感染症研究所と連携して、ワクチンの開発を最大限、急がせる」

必要な想像力を持たぬものは政治家には向かない。それと同じように、必要以上の想像力は政治家を誤らせる。承知しているつもりだったが、大曾根の頭には、今、その街の情景が浮かんでいた。こちらをひたと見つめる渡瀬の、どこまでも黒い瞳《ひとみ》のせいだろうか。

埃に煙る大通りを、自衛隊の輸送トラックがゆっくりと走っていく。他に動くものはない。道端に朽ちた遺体を見つけ、トラックが停止する。防護服に身を包み、防塵マスクをかけた隊員が二人、道路に降り立つ。子細に遺体を確認することもなく、ストレッチャーに載せて、トラックへと運んでいく。道路脇の建物から怒声が上がり、火炎瓶が投げられる。何への抗議ということもない。ただやり場のない怒りを詰めた瓶が、一瞬、路上に炎を広げる。トラックから離れた場所に広がった炎を気に留める様子もなく、隊員たちは遺体を荷台に載せる。トラックはまた死の街を走り始める。

硬い鉱物のような渡瀬の瞳の中に、大曾根はそんな情景を見た。

「満点ですね」と渡瀬は言った。「それ以上をできる政治家はいないでしょう。けれど、もし、ワクチンの開発ができなかったら？」

「自然に終息は？」

「しません。高温で焼き払わない限り、そのウィルスは死滅しない」

遠からず感染する。感染すれば、八割は死ぬ。それを知った国民は暴徒化するだろう。方向は二つ。一つは感染者を抹殺するよう訴える動き。大曾根の頭に、魔女狩りにも似た情景が浮かぶ。咳《せき》一つ、くしゃみ一つでもした者は、感染を疑われ、確証もないままに殺されるかもしれない。そしてもう一つは、国内からの脱出を図る動き。飛ばす能力のあるわずかな者は、飛行機やヘリでの脱出を考えるだろう。それ以外の多くの者は、ただわずかな確率に命を託して、小船で大海へと出て行くか。どちらにしろ、乗り物と燃料との奪い合いが起こることになる。

「地獄絵図だな」

「ええ」と渡瀬が頷いた。「地獄絵図です」

ああ、と大曾根は合点がいった。

「そのためのシェルターか」

ウィルスはわかりやすいたとえ話だ。原因が何であるかの問題ではなく、そういう、極度なパニックが都市を襲ったときのためにシェルターを造る。無秩序となった都市を捨てて、地下のシェルターで新たな秩序あるコミュニティーを形成する。そういうことか。

「しかし……」

想定する状況が極端すぎる。

言いかけた大曾根の言葉を渡瀬が遮った。

「八割は無理なのですよ」

「無理？」

「ええ。八割はどうせ助からない。それは受け容れるべき前提です。問題は、二割をどう生かすかです。感染は防げない。ならば、感染した上で助かった人たちをどう救うのか。問題はそこなんです」

独りよがりな合点だったと気づいた。つかみかけたと思えた渡瀬の思惑が、またするりと手の中から逃げていく。

「それはもはや政治ではない。感染したら助からない八割を、どうすれば感染させずに助けるか。それが政治だ」

「普通ならばそうでしょう。けれど、この場合は違うんです」

「なぜだ？」

「存在するからです」

一瞬、渡瀬の言った意味がわからなかった。意味を理解したあとでも、大曾根の口から漏れたのは、その意味への問いかけだった。

「……何だと？」

「今、話したウィルスは、架空のものではありません。実在するものです。そして、そのウィルスは、不自然な手を加えない限り、必ず流出します」

流出？

不自然な手を加えない限り？

その言葉を選んだ意味はわからなかったが、大曾根は渡瀬の言葉を逆にして突きつけた。

「ならば、不自然な手を加えれば流出を防げるのだろう？　それこそが政治だろう。いや、政治以前の問題だ。防げるのなら、防げばいい。防ぐべきだ」

渡瀬から返ってきたのは、意外な問いかけだった。

「そうなのでしょうか？」

素朴すぎて、咄嗟に答えを返せなかった。渡瀬は淡々と話を続けた。

「もう二十年以上前のことです。アメリカに滞在していたとき、たまたま近くの国立公園で山火事が起こりました。積極的な消火活動がなされないまま、国立公園の半分近くが焼けました。三〇〇〇平方キロを超える莫大な面積です。それでも消火活動がなされなかった理由は、山火事の発端が落雷による自然発火だったからです。大きな視点で見れば、その火災は自然活動の一環である。ならば手を加えるべきではないだろう。そういうことらしい。動植物が焼かれるのも、自然の摂理の範疇《はんちゅう》にある、と。ニュースを見ながら、その考え方に妙に感心したのを覚えています。いえ、その考え方を共有できる社会に感心した、というべきでしょうか」

「不自然な手は加えるべきではない、と？　たとえ、何千万という死者を出そうとも、か？」

「どう思われますか？」

「馬鹿げている。救える命は救うべきだ。動物や草木の話じゃない。人間の話だぞ」

馬鹿げているのではない。

今や、大曾根もそれを理解していた。

馬鹿げているのではなく、この男は常軌を逸しているのだと。おそろしく理性的に、とてつもなく冷静に、この男は道ではない道を歩いている。

「ヒトはそれほどまでに特別な動物ですか？」

吸い込まれそうな黒い瞳で、渡瀬が問いかける。

「特別だろう。特別な動物であるか否かを自らに問いかけられる生き物など他にいない」と大曾根は言った。「それに、そもそも、そういう生き物が存在していることもまた自然の摂理だろう。不自然な手を加えればと君は言うが、より大きな視点で見れば、その不自然な手だって自然な手ではないのか？　伸ばすことに、何のためらいがある？」

「なるほど」

渡瀬は微笑んだ。

「得心がいきました。不自然なヒトもまた自然の一部。だったら、やはり、あれは流出するべきだ」

結論に、今更動揺はなかった。大曾根を揺るがせたのは、そこに至る過程だ。

だったら、やはり？

大曾根の顔が強ばった。

「人間が作ったのか……そのウィルスは、人工的に作られたものなのか？」

誰が、何のために？　バイオテロ？

「作ったというと、やや語弊があるかもしれません。どう言えばいいんでしょうね、あれは」

　黒い瞳が伏せられた。やがて渡瀬はゆるゆると首を振り、顔を上げた。

「最初の設定は、こうだったんです。ヒトは自らの意思において、目的的に進化を果たすことは可能であるかどうか」

「何だと？　進化？　進化論の、進化か？」

「ええ、その進化です」と渡瀬は頷いた。

「そんなことを、誰が？　どこの研究機関が？」

「そんな大げさな話ではありません。ヒトという生き物の中から生まれた、ごく自然な好奇心ですよ。その好奇心を満たすために、幾ばくかの金と時間を出す人間なら世の中にはいくらでもいます。現実に、いくらでもいました」

　渡瀬はこともなげに言った。

「二つの方法が模索されました。一つはやや気の長いやり方です。生後間もないときから、個体に強力なストレスをかけ続けて、その上で生殖をさせれば、突然変異を促せるのではないか。何世代かをまたいで、同じ指向性を持つストレスをかけ続ければ、突然変異をある程度コントロールできるようになるのではないかと」

　普通に考えれば、実験動物の話だ。が、目の前の男がそんな手間暇をかけるとは思えなかった。この男は本当にやったのだ。ヒトを使って、それを。

「ただ、この実験はすぐに挫折しました。ゼロ世代から生まれた第一世代に、極端な性の偏りが生じてしまったんです。理由はわかりません。ゼロ世代にストレスがかけられたのは、生殖のわずか数年前からです。にもかかわらず、生まれた二十五人中、メスは一人だけだった。その後、研究をフォローする意味で、メス一人を含む、六人に対して実験は続けられましたが、効率的な交配を続けられない以上、意味がないだろうと、やがて飼育も中断され、然《しか》るべき飼い主のもとに里子に出しました。その後、断片的に経過観察はしているのですが、成長に異常をきたす個体がいくつか散見されました。一方で、順調に育っている個体もあるにはあるのですが、指向性のあるストレスをかけたのが幼少期のごく短い時間であったことを考えると、次世代の突然変異を期待するのは無理でしょう。近く、経過観察さえも打ち切る予定です」

それが昴だろうか。昴は自らの出生について、どの程度を知っているのか。

浮かんだ疑問は、口にはしなかった。

「もう一つは、直接、進化を操作する方法です。これはわかりやすい。ヒトの遺伝情報をベースにして、そこからどこまで外れたものが生物として存在しうるのか。その最長距離を測る作業です」

グロテスクな遺伝子操作。

そこから生まれ落ちたものを何と呼ぶ？

「ヒトに許される行為ではない」

呻《うめ》くように大曾根は言った。

「ええ。その通りです。ヒトに許される行為ではなかった。個体を生み出すことには成功しても、その個体にはことごとくもっとも大事な能力が欠如していた」

「大事な能力？」

「生物としての根幹。生殖能力です」

オー、マイ、ゴッド。

渡瀬はそう言っておどけた。両手を広げて、天を仰ぐ。

「本来ならば、それで終わりでした。まあ、そこそこ楽しかったよね、と後片付けをして、それぞれがまた違う遊びを探しに行く。実際、そうしかけました。けれど、ほとんど戯れに作った最後の生物を観察している中で、違う可能性が浮上したんです」

「違う可能性？」

「ウィルスです。その生物の死後に発生する、ある特別なウィルス。というより、生物はただの容れ物で、ウィルスのほうがメインの研究対象だったのですがね。そのウィルスに感染した場合の発症率はおよそ八割。発症した場合、二十四時間以内に例外なく死に至る。空気感染し、高温で焼き払わない限り死滅しない。初めは、これで人類が絶滅したら面白いという程度の、ほんの悪戯心《いたずらごころ》で作ったんです。けれど、このウィルスこそが、実は我々の求めた進化を引き起こすものなのではないかと考えるようになりました」

「どういうことだ？」

「八割が死ぬことが問題なのではない。二割が生き残ることこそ問題なんです。ウィルスに感染すると、感染者の細胞の中でウィルスのゲノムが放出され、感染者のゲノムと結合する。分子レベルでウィルスとの闘争が行われるわけです。その闘争に敗《やぶ》れた八割は発症し死に至りますが、勝ち抜いた二割は発症せずに生き残る。生き残った二割は、キャリアとしてウィルスと共生することになります。ウィルスはキャリアの遺伝子に変異を起こし、時間をかけ、世代をかけてヒトの形質を変えていく。強制的洗練。選択的排除。すなわち進化です」

　言葉を失う大曾根をよそに、渡瀬は話を続けた。

「ただ、このウィルスは強すぎた。これほど感染力が強く、致死率の高いウィルスは、人類から目の敵にされ、根絶やしにされるでしょう。おそらく日本国内に封じ込められた上で、焼き払われる」

　どうやってと問うまでもない。大曾根の頭に、歴史フィルムや実験フィルムで見たキノコ雲が浮かびあがる。

「人間ではないのか。そのシェルターは……」

喘ぐように息を吸って、大曾根は言った。

そのシェルターに入るのは人間でも、渡瀬が助けようとしているのは人間ではない。

「ウィルスを守るためのシェルターなのか」

やがて日本国土に襲いかかる超高温の熱線からウィルスを守るためのシェルター。そういうことなのだ。

シェルターに入れる人間は、おそらく数万人。八割がウィルスに倒れるとして、生き残るのは一万人程度か。いや、閉鎖空間でそんなにも高い割合での感染死が続けば、シェルター内の秩序が保たれるわけがない。闘争が起こり、殺し合いが始まるだろう。一万人の生存は到底望めない。せいぜい数千か。

それでいい。

渡瀬はそう言っているのだ。

その数千だけは、確実に生き延びさせる。水、食糧、衣料、医薬品等は、十分に備蓄しておくつもりだろう。生き延びれば、その人はいずれ必ず外の人間と接触する。たとえば多国籍で編成された調査団。それがキャリアとなった数千人の生き残りと接触したら……。

また感染が始まる。一度、国内から出てしまえば、もう感染の広がりを止めることは誰にもできないだろう。

「それで進化が確実に起こるのか？　机上の可能性に過ぎない」

「その通りです。もう少しじっくり研究したかったのですが、そうする前に逃げられました。他の実験動物とともにね。途方に暮れたのですが、今は向こうが接触を求めている」

　渡瀬の唇が歪んだ。凶悪な笑みだった。

「たぶん、他にすることが見つからなかったんでしょう。気持ちはよくわかりますよ。運命などというものは信じませんが、彼は生まれ落ち、今、私のもとにこようとしている。たぶん、私に、引き金が託されているのでしょう」

「引き金？」

「それこそが意思ですよ。ヒトは自らの意思において進化を始める」

「君はどうなる？」

「真っ先に死ぬでしょうね。自分が二割の中に入ると思うほど、楽観はしていません。そもそもそんなことを希望してもいない。新型ウィルス、初の患者が私でしょう。その後に何十億と続く死者をあの世に先導するのが、政治家としての私の最後の仕事です」

　どこか恍惚《こうこつ》とした口調で、渡瀬は言った。

「やめろ」

　大曾根は言った。もはや論理でどうこう言うことに意味は見いだせなかった。説得ではない。大曾根はただ叱った。

「そんなことはしてはいけない。やめろ」

「止めてみますか?」

「止まる気がないのなら、そうするしかないな」

「運命は信じません」と渡瀬は言った。「ただ、ある極限的な状況下では、それに似た力が働くのではないかと、そんな風に考えたりもします。それを運命と呼ぶのは、ヒトにその力を理解できるだけの知性がないからではないかと。だから、今、この場から、全力で進む私を止められる者がいるのなら、それはそれ。止められる者がいないのなら、それもまたそれ」

「君らしくないな。この期に及んで責任回避か?」

「責任回避ではありません。この件の責任主体になれると思うほど、思い上がってはいないだけです。私は極めて凡庸な人間ですよ」

こんな状況にもかかわらず、大曾根は笑い出しそうになった。

これが凡庸な人間なら、世界に非凡な人間などいないことになる。

「聞いていいか?」

「何でしょう?」

「そのために私を引き込んだのか? 自分が進み出すその前に、自分を止めうる者を自分の周囲に配置したい。君はわざと障壁を作った。私はその障壁の一つだったのか？」

「なぜそう思うんです？」

「君の周囲にいるのは君を憎んでいる者ばかりのような気がしてね」

「それも含めて、運命に似た力のせいかもしれません」

「君の思惑ではないと？」

渡瀬が少し困ったように眉根を寄せた。

「それは大事な問題ですか？　どちらでもいいように思えますが」

「大事な問題だよ。自分の息子が、なぜ死んだのかという話だからね」

渡瀬ははっきりと鼻で笑った。

「ならば、やはりどちらでもいいでしょう。私は名前すら覚えていない。彼は、何と言いましたかね？」

挑発だとわかってはいた。が、感情のままに大曾根はその挑発に乗った。座卓の下。テープで留めておいたオートマチックを手にする。

「牧田《まきた》俊哉《しゅんや》だよ」

座卓の上で銃を渡瀬に向けた。渡瀬は無感動に銃を眺めた。渡瀬は動かず、大曾根も動かなかった。二人の距離は二メートル弱。

「私からも一つうかがってよろしいでしょうか？」

「何だ?」

「なぜ、今、ためらったんです? なぜ、すぐに撃たなかったんです? これから撃つのかもしれない。けれど、今、ためらった理由を教えてください」

一発だからだ。一発の弾丸で確実に仕留めなければならない。襖の向こうには渡瀬の秘書がいる。銃声を聞けば、飛び込んでくるだろう。大曾根にしてみれば、渡瀬が、今、声を上げないことのほうが不思議だった。

「いかがです?」

渡瀬が言った。虚《うつ》ろにも見える視線が探っているのは、大曾根の意思ではなく、己の価値だった。誰も自分を止められない。それは陶酔ではなく、絶望に見えた。

この男は、殺されたがっているのかもしれない。

そんな思いが脳裏をかすめた。

渡瀬に銃を向けたまま、大曾根は立ち上がった。渡瀬との距離を測りながら、座卓を回り込み、近づく。応じるように渡瀬も立ち上がった。

「今から二秒後に君は死ぬ。このわずかな時間の意味は、あの世に行ってから自分で考えてくれ」

銃を持った右手を伸ばし、引き金に力を込めようとした瞬間だった。渡瀬の手が伸びてきた。掌底が強く銃口を叩く。スライドが奥に押し込まれ、引き金が動かなくなった。

昴に教わっていたことだった。にもかかわらず、頭から抜けていた。いや、渡瀬に呑まれていたのか。

動揺する暇もなかった。渡瀬がもう一方の腕を曲げ、体を回しながら頰に肘打ちをしてきた。銃を手放し、大曾根は畳の上に転がった。顔を上げたときには、渡瀬が取り上げた銃を構えていた。

渡瀬はためらわなかった。

轟音《ごうおん》に、思わず目を閉じて首をすくめた。耳鳴りが引いても、痛みの場所が確認できなかった。目を開けると、自分の前の畳に、焦げた弾痕《だんこん》があった。大曾根は顔を上げた。

「なるほど。一発だけだったからですか」

渡瀬の言葉をよそに、大曾根は耳をそばだてていた。玄関から音はしなかった。客がくる。渡瀬浩一郎だ。

部屋を貸してもらう際に、女将にはそう伝えてあった。

部屋に案内したら、玄関近くに控えろ。もし銃声が聞こえるようなことがあったら、中を確認などせずに、外へ飛び出し、助けを求めろ。

大曾根はそう言い含めていた。大曾根と同じ年の女将は、何も尋ねなかった。哀れむように大曾根を見たあと、軽く笑いながら呟いた。

「だから年寄りは嫌いよ。すぐに死に場所を探そうとする」

銃声に女将が飛び出していった気配はなかった。思えば、女将は渡瀬を案内してはこなかった。渡瀬が案内を断ったものと思っていたのだが……。

殺したのか?

聞くまでもなかった。

襖が開き、女将の体を抱えた男が部屋に入ってきた。

「この部屋はまずいな。穴を開けてしまった。別の部屋で」と渡瀬が言った。

男は頷いて、女将の体を下ろした。男というより、まだ少年と呼ぶ年ごろか。その顔よりも、特徴のある目の下の傷で思い出した。

「君は……」

そう。確か、昴が名前を呼んだ。彼の名前は……。

「ワタル」

よろよろと立ち上がりながら、大曾根は言った。少年が怪訝そうに大曾根を見た。同じ表情で渡瀬を見る。

「俺を知ってるのか? 以前、会ったことがある?」

大曾根にとも、渡瀬にともつかぬ口調で尋ねる。

「ただ顔と名前を知っているだけだよ。私が教えた」と渡瀬が応じた。

「違う。君の名前は昴から聞いた」

「昴？」

少年は目を細めて、聞いた。

「昴って、父さんを狙っているとかいう、あの男？」

父さん？　本当に養子にしたということか？

大曾根は混乱した。

そもそも昴が口にするワタルの名前と、ワタルが口にする昴の名前とでは、その温度に開きがあり過ぎた。

「父さんを庇った俺に重傷を負わせて、おかげで俺は……」

ワタルの顔が苦しげに歪んでいく。

「ああ、そうだ。その昴だ。無理に思い出そうとしなくていい。記憶はそのうちに戻る」

大曾根ははっとした。

記憶がないのか。そして渡瀬に都合のいい記憶を刷り込まれている。昴はそれを知らないまま彼を助けに行くはずだ。事情は深くは聞いていない。だが、昴の雰囲気からすれば、命を賭しても、昴は彼を助け出そうとする。彼を背にして渡瀬と対峙《たいじ》したとき、昴を襲うのは目の前の渡瀬ではなく、背中に庇ったはずのワタルかもしれない。もしそんなことになったら、昴はひとたまりもないだろう。何が起きたかわからないまま、ワタルに殺されることになる。

大曾根は畳を蹴った。座卓の上に体を投げ出すようにして滑り、向こう側の畳に落ちて、一度転がった。華麗などとはほど遠い。無様な動きしかできない老いた体が腹立たしかった。体を起こし、床の間にあった刀掛けの日本刀に手を伸ばす。万一の保険として、そこには大曾根自身が所有する真剣をかけておいた。手にして振り返ったとき、ワタルが目前に迫っていた。片膝立ちで抜く。ワタルが信じられない動きをした。抜き身に右の手のひらを突き出してきたのだ。振った剣が右手に受け止められる。真剣を握り締めたワタルの右手から血が滴り落ちた。それきり押しても引いても、刀はぴくりとも動かない。ワタルが刀を引き寄せた。無論、抵抗はした。したつもりだったが、ワタルはいとも簡単に大曾根の手から刀を取り上げていた。赤子と大人ほどの力の差だった。

「あんた、昴の仲間か？」

左手を柄《つか》にかけたワタルが、怒りを込めた目で大曾根を睨んだ。真剣がプラスチックの玩具《がんぐ》のようにぐにゃりと曲げられるのを大曾根は茫然と見ていた。ワタルが折れ曲がった刀を脇に放った。

「父さんと俺を殺す気だな？」

「ちが……」

う、と言いきる前にワタルの左手が伸びてきた。おもむろに顔面をつかまれる。信じられないほどの力で押さえつけられ、大曾根は両膝をついた。

「女将と心中ということにさせてもらいますよ。ずいぶん昔の関係らしいですが、マスコミはそういうことだけは上手に嗅《か》ぎ当てる。頭蓋は潰すな。窒息で」

頭蓋を潰す？　握力で潰すということか？　そんなことが……。

後ろに回り込んだワタルが、左手だけで口と鼻を塞《ふさ》いだ。右腕で抱きすくめられる。呼吸を遮られ、胸が詰まった。心臓が悲鳴を上げる。喘ごうとするが、抱きすくめるワタルの力が身じろぎすら許さない。視界のあちこちで白い光がちかちかと瞬く。その瞬きの合間に、アメリカにいる息子と行方のわからない娘の面影がちらついた。

この先、世界に何が起こるのか、大曾根にはわからなかった。ただ、とてつもなく困難な事態が起こるのであろうことだけは予想できた。

二人はうまく生き延びられるだろうか。特に悠里《ゆり》はまだ子供だ。あるいは……あるいは誰か頼れる人とともにいるだろうか。父親の脳裏に最後に浮かんだのが自分の顔だと知ったら、どう思うだろう。何を身勝手なと怒るだろうか。

子供の顔が浮かぶとは、大曾根自身にとっても意外だった。自分を未来につないでいくことに、人はこれほどまでにこだわるものか。

体が小刻みに震え始めた。やがて娘の面影も白に消された。すべてが白い光に染まりきったとき、大曾根誠の体は活動を止めていた。

大曾根防衛大臣死去。そのニュースは呆れるほどの大仰さで報じられた。かつて情を通じていた料亭の女将と心中を図ったという。死因は窒息死。首つりではなく、二人ともビニール袋を頭からかぶり、向き合った状態で互いの手を紐《ひも》で結んでいたという。なぜこんな苦しい自殺方法を選んだのか。キャスターがそう首をひねって、コメンテーターたちの見解を問うていた。

「渡瀬だよね？」

手にしていた紙からちらりとテレビに目を向けて、隆二が言った。

「間違いないよ」

顔を上げもせずに僕は頷いた。

「そっちはどう？」

悲鳴を上げるような声で沙耶が聞き、隆二が肩をすくめた。

「どうもこうもないよ。さっぱりわからない」

夕方のニュースを流すテレビをよそに、僕らはテーブルの上に広げた様々な資料をチェックしていた。手書きのメモ。FAX。メールを印刷したもの。会議資料と思しきもの。部外秘の印が押された省庁の内部文書もあった。

「これって、本当に大曾根が兄ちゃんに遺《のこ》したものなの？」と隆二が聞いた。

「ああ」と僕は頷いた。

「もうちょっと整理しておいてくれればよかったのに」と沙耶がぼやいた。

「その暇がなかったんだろう」

「あー、もう嫌」

沙耶は手にしていた紙を投げ出して、立ち上がった。

「一息つこう。コーヒーを淹れるわ」

「そうだね」と僕は頷いた。

隆二は椅子の背もたれに体を預けると、テレビに視線を向けた。良介だけが黙々と資料のチェックを続ける。もともと口数は少ないが、岬さんの一件があって以来、さらに口数が減った気がする。

「少し休もう」

僕は言ったのだが、良介は返事を曖昧に濁して、資料から目を離さなかった。

大曾根死去の速報を見て、僕はすぐに文京区にある大曾根のマンションへと向かった。確信があるわけではなかったが、大曾根が何かを遺すとしたら、その相手は僕しかいないはずだったし、僕に何かを遺すなら、そこに置いておくしかないはずだった。千代田《ちよだ》区にある事務所や福井の自宅へは殺到したのだろうが、そこへはメディアはきていなかった。部屋に入ると、かつて僕が銃を置いておいたテーブルの、まさにその場所に、紙袋が一つ置いてあった。僕はそれをそのまま家に持ち帰った。袋の中の様々な資料が何なのか、最初はよくわからなかった。一枚一枚、丁寧に目を通してみて、ようやくおぼろげな想像がついた。渡瀬が何をしようとしているのか。その全体像をつかんでいるのは渡瀬本人だけだ。だから大曾根は点を拾った。渡瀬の命を受けて動いている人が、具体的に何をしているのか。それをできる限り丁寧に、一つ一つ拾っていった。パズルのピースを集めて並べることで、全体像を俯瞰《ふかん》するつもりだったのだろう。その収集作業の成果が袋の中の資料だった。

「これとこれとこれが同じ筆跡」

良介が、殴り書きのように書かれた二枚のメモ書きと、比較的丁寧に書かれた一枚のFAXを僕の前に差し出す。

「確かか？」

確認ではない。感心しただけだ。僕の目にも似ていることはわかるが、筆跡の同一性まではとてもわからない。

良介は迷いなくこくんと頷いた。

メモ書きに署名はないが、FAXには肩書き付きの署名があった。警察庁警備局外事情報部。ということは……。

「国際テロ？」

「うん。煽《あお》っている感じ」と良介が言って、別の紙を差し出した。「これなんて、新聞社の記者宛《あ》てのメール。この記者がこの情報を頼りに、この人を当たると、ほら、この人には、こっちの公安の人から中国人スパイの話が入るようになってる」

説明しながら良介が紙を並べた。

「なるほど」と僕は頷いた。

中国人スパイが主導する組織的なテロ計画が、あたかも動いているような絵が浮かんでくる。情報をこれだけ細分化して、綿密にまき散らかしておけば、ほとんどの人は嘘だなどと思わないだろう。

聞き覚えのある声に顔を上げた。

テレビでは大曾根の死が報じられた直後に行われた記者会見の録画映像が流されていた。各局で、昨日から何度となく流されているものだ。喋っているのは渡瀬防衛副大臣。防衛大臣が情死したことについて、奥歯にものが挟まったような言い方をしていた。

「国家防衛に支障をきたさぬよう、省が一丸となって職務に当たるとともに、大臣の死についての捜査を……」

言いかけて、渡瀬ははっとしたように言い直した。

「調査をお願いしたいと……」

失言と受け取った記者たちが食いついていた。

捜査とはどういうことなのか。心中ではないのか。他殺の可能性があるのか。

会見を打ち切った渡瀬が、記者たちの追及を振り切って、会見場から姿を消した。

映像がスタジオの様子に戻った。渡瀬の発言について、コメンテーターたちが憶測を述べ合いだした。

防衛大臣には、渡瀬浩一郎防衛副大臣がそのまま昇格するだろうというのが、世間のもっぱらの見方だった。が、当の本人は、大曾根死去の際のこの会見を最後に、メディアの前に姿を見せなくなっていた。突然の大臣の死去により、副大臣は様々な案件に対応しなければならなくなっている。二人の政務官が、何とかそう取り繕おうとしてはいたが、会見からすでに丸一日以上が経っている。その間、まったくメディアの前に姿を見せないというのは、どう考えても異常事態だった。閣内でもどうやら渡瀬副大臣の行方を把握し切れていないようだと報じる局もあった。何かおかしなことが起こっているのではないか。メディアの論調に、そんな疑問が滲み始めていた。

「ここに噛み合うっていうことか」と僕は言った。

「どういうこと?」と隆二が聞いた。「大曾根は心中じゃなくて、スパイに殺されたってことにしたいの?」

「いや、大曾根はついでだ。このタイミングで殺すことになったから、ついでにストーリーに組み込んだだけだろう。本命は自分のことだ」

「自分が、中国人スパイに拉致されたってことにしたい?」

「いや。防衛大臣は実はテロによって殺された。次の標的は私だろう。だから私を守れ。そう言って、渡瀬は今、自分の身を軍隊に守らせている」

「ああ、そういうことなんだ」と良介が頷いた。「たぶん、これ」

資料をかき分けて良介が手にしたのは、大曾根自身の手によるタスクフォースの編制命令書の写しだった。

「何、これ？」

僕の前にコーヒーの入ったカップを置いて、沙耶が後ろから覗き込んだ。

「タスクフォース。特定の任務に当たるために、特別に編制される部隊のこと」と僕は言った。「これを書いたときの大曾根は、これが何のための部隊か理解してなかったんだろうね」

大曾根だって、駒《こま》の一つに過ぎなかった。

部隊員の多くは特殊作戦群から徴用されていた。特殊作戦群。通称、特戦。レンジャー徽章《きしょう》を有する精鋭の中から、さらに選りすぐられたエリートのみで構成される陸自の特殊部隊だ。かつては井原もこの群で一隊を指揮していたと聞いたことがある。

「つまり、この部隊が、今、渡瀬を守っているってこと？」

隆二と良介にもカップを渡し、沙耶はもとの椅子に座り直した。

「そう。極悪のテロ組織から副大臣を守るつもりでね。今は渡瀬がそう言っているだけだけど、そのうち、メディアが報じ始める。そうすれば、彼らは命を賭けて渡瀬を守ろうとするだろう」

四ヶ月ほど前、CTWの直前のことを僕は思い出した。日本の排他的経済水域に中国海軍の艦艇が侵入したことに対して、大曾根は激しく非難を繰り返した。渡瀬の指示だろう。あれも、中国人テロリストの暗躍という虚構に、真実味を持たせるための伏線だったか。日中が険悪な空気の中、学のウィルスが日本で増殖すれば、東アジア情勢は一気に不安定さを増す。

「良介、この部隊の規模についてわかりそうなものは?」

「こんなのとかかなあ」

良介が何枚かの紙を差し出した。背広組同士のメールのやり取り。装備調達のためと思しき書類。隆二と沙耶にもそれを回す。

「ざっと五、六十人ってとこ?」

沙耶が言い、僕は頷いた。

「そんなところだね」

渡瀬が井原を自衛隊から引き抜いたのは、井原が必要だったからではなく、邪魔だったからかもしれない。対アゲハ精鋭部隊を組織しようとするとき、井原というカリスマは邪魔になると渡瀬は踏んだ。井原は切れ者すぎたのだ。

テレビでは国会で答弁するかつての大曾根の映像が流れていた。何の脈絡もなく、僕は弾丸を手渡したときに触れた大曾根の手を思い出した。大曾根は、あの一発を使う前に殺されたのか。使ったが、当たらなかったのか。

僕はリモコンを取って、テレビを切った。

「でも、何でそもそも渡瀬は姿を消したの？」と沙耶が言った。

「こいよ。居場所はわかってるだろう？　そういうメッセージだよ」

メッセージの相手はアゲハだ。渡瀬が僕らに発しているメッセージがあるとすれば、こうだろう。

余計なことはするな。亘の身柄は預かっている。

もうすでに、僕らは渡瀬の眼中にはない。

「今は、チャンス？　それともピンチ？」

無邪気を装って、隆二が聞いた。

「さあね。ただ、行かなきゃいけないってことだけは間違いない」

アゲハと渡瀬が争う。亘はそこに巻き込まれるかもしれない。そういう意味ではピンチ。両者の注意が互いに向かっている今が、亘を取り戻す絶好の機会である。そういう意味ではチャンス。

「いつ出かける？」

沙耶が僕に聞いた。

「明日」と僕は答えて、こちらを見ている沙耶に笑いかけた。「嘘じゃない」

「本当？」

隆二が沙耶に聞き、沙耶が頷いた。

「本当みたい」

「抜け駆けはしないよ。みんなで行こう」と僕は言った。

隆二が僕を指差し、沙耶が頷く。

「それも本当みたい」

「亘を取り返す。そして、みんなで姿を消す。しばらく様子を見よう。生き残るのは、渡瀬かアゲハかわからない。両方とも死ぬのかもしれないし、両方とも死なないのかもしれない。どうなっても、俺たちは今度こそ離れ離れにならないようにしよう」

夕飯は駅の近くにある小さな洋食屋で済ませた。食後のコーヒーとともに、小さなビスケットがいくつか載った皿を店の人が出してくれた。

「よかったら、どうぞ」

僕らは何となく顔を見合わせ、それから手を伸ばした。ココナッツの香りがするビスケットはおいしかったけれど、岬さんが作ってくれたものには到底かなわなかった。

「甘いね」と沙耶が言った。

「うん」と僕は頷いた。

あの日、何があったのかは、もちろん、三人にも話してあった。

隆二が二つ目に手を伸ばした。僕と沙耶もそうした。最後に残った一つに、良介はもう手を伸ばさなかった。

支払いを済ませて店を出ると、隆二と良介は先に家に帰り、僕は沙耶を駅まで送った。

「玄馬《げんば》さんには、どう話す？」

「わかんないな」と沙耶は少し困ったように笑った。「でも、しばらく留守にするって言うしかないと思う。心配しないでって言っても、心配するだろうけど」

「そうだね」と僕は頷いた。

沙耶が何かを言いかけたとき、僕の携帯が鳴った。井原からの電話だった。大曾根死去のニュースが流れてから、もう何度となく井原から電話がきていたが、僕は一切応じていなかった。これ以上、井原を巻き込むつもりはなかった。何度かのコールのあと、留守電に切り替わったのだろう。メッセージを残さずに井原は電話を切ったようだ。僕は携帯をしまって、沙耶を見た。

何を言いかけた？

そう問いかけた僕の目線に、沙耶は首を振った。

いつかは家に帰れるんでしょう？

沙耶はそう聞きかけて、やめたのかもしれない。答えようのない質問だった。

「それじゃ」

駅の改札で、沙耶が手を振った。

「また明日」

「うん。また明日」

沙耶の後ろ姿が見えなくなってから、僕は家へと歩き始めた。

5

　木々の隙間からアスファルトに舗装された道路が見える。昨晩、幌《ほろ》つきの輸送車が、三台、連なって通り過ぎたきり、演習地へ向かう車も、演習地から出てくる車もなかった。もとより、行軍演習でもない限り、歩行者が行き来するような道ではない。

「そろそろいいんじゃね？」

　幹に背中を預け、枝に腰を下ろしていた輝がうんざりしたように言った。薄い服を重ね着しているのはいつもと同じだが、いつものようなエスニック調の色彩ではなく、緑をベースにした迷彩色だった。

「そうだね」

　碧は頷いた。輝の隣の木で、やはり同じように太い枝に腰を下ろしている。まさかいつものように制服というわけにもいかず、かといってどんな格好がふさわしいのかもわからず、結局、緑色のジャージのような上下を着てきた。壮だけは、普段と同じ格好で、輝と同じ木の、下の枝に座っていた。

風が碧の前髪を揺らして通り過ぎていった。薄れてはいるが、まだ夏の気配が残る雑木林の緑の中、枝の上で足をぶらつかせていると、夏休みの残りを惜しむ子供になったような気がした。もちろん、それは碧の記憶ではない。丸山聡志。彼から借りた記憶だ。誰とどうしたというような具体的なエピソードしか聞いてはいなかったが、それらのエピソードの合間に、特段語るほどでもないぼんやりとした、それでも特別な時間があったのだろうことは、碧にも何となく察せられた。碧がうらやんだのは、具体的な想い出の一つ一つではなく、それらが集まって生み出す、輪郭のないそんな時間だったかもしれない。

風の行方を追った視線が壮の視線と合い、碧は我に返った。今は夏休みの終わりのときではない。殺戮《さつりく》の始まりのときだ。

「何かかかった？」

壮が尋ねた。碧が視線を泳がせたのは、まだ視界に入っていない何かを音波で捉えたせいだと思ったらしい。

「ううん。違う。何もかかってない」と碧は首を振った。

「そっか」

きたいやつはくればいい。すべて殺してやる。

そう言ったのはヒデだった。反論する者はなかった。

ここから先はない。ここですべてを終わりにする。渡瀬が手勢を集めるというのなら、すべてを集め終わるまで待ってやる。

ヒデの言葉はその意思の表れだ。

麓から富士山の中途まで上る二本の私道。演習地はその間に広がっている。今、渡瀬がいるはずの『西第三格納庫』と呼ばれる建物は演習地のほぼ中間に位置していた。碧と壮と輝は北側の道路を張っていた。南側には学とヒデとモモと静がいる。

「なあ、さっきから平然としているけど」

両手を頭の後ろで組んだ輝は、もう一つの左手で虚空を払いながら、もう一つの右手を首筋にぴしゃりと打ちつけた。

「お前ら、蚊、大丈夫なの？　さっきから耳元でぶんぶんと、これ、蚊だよな？」

「ああ、蚊か。蚊って、刺されたことないんだよな」と壮が言った。「刺されるとかゆいんだって？」

「え？　お前、そういう体質？　それ、俺、初耳じゃね？　ってことは、アブとかハチとかもスルー？」

「うん。スルー」

「道理でなあ。さっきから、俺にばっか寄ってくるもんな。碧もそうなの？」

「嘘だよ」

どうやら本気で信じているらしい輝に苦笑して、碧は言った。

「雑木林だよ。虫よけくらいつけてくるでしょ、常識的に考えて」

「あ、てめえ」

ちぎった小枝を下に向かって投げつけた輝に、壮がべーと舌を出して笑う。

「なあ、碧。虫よけ、ないのかよ」

「分かれるとき、モモにあげちゃったよ。つけてこないのがもう一人いるなんて思わなかったし」

「落ち込むなあ。俺、モモと同じレベルかよ。ムカつくから持ってこさせよ」

「どんな八つ当たりよ」

「どうせ、あっちだって暇だろ？」

いったんは携帯を構えた輝が、すぐに携帯を耳から離して首をひねった。

「あれ？」

「何？」

「お前ら、携帯、使える？」

携帯などチームに一つあればいいだろうと、碧は持ってきていなかった。が、壮は持ってきていたらしい。ポケットから携帯を取り出し、耳に当てた。すぐに諦める。

「はあ？　圏外？」

そう表示されているのだろう。携帯の画面を見て、壮が言った。

「ジャミングをかけられたのかな」と碧は言った。「さっきの連絡では使えてたよね？」

ほんの十五分ほど前に、こちらの状況を伝えるため、輝はヒデに電話をしていた。

「だったよな。面倒臭《くせ》えことしやがる。渡瀬って、そういうとこ、意外に神経質だよな」

「うん。結構、几帳面」と壮が頷いた。

「いいや。自分で行ってくるわ」

「今から？」と碧は聞いた。

「ついでに、様子も探ってくるよ」

言うなり、輝は四本の腕と二本の足でするすると木を下りていった。まさか舗装道路をたどってぐるりと回り込むつもりはないだろう。演習地を突っ切る気だ。

「ちょっと。何かあっても、変なことしないでよ。もし万一、渡瀬を見つけても、何もしないで」

碧は下に向かって声をかけた。

「わかってるよ」

おどけるように四つの手を振って、輝は道路を渡っていった。

「相変わらずだな、輝は」

輝の背中を見送った壮は、視線を碧に振り向け、笑った。

「ま、それがあいつのいいとこだけど」

「そうだね」と碧は頷いた。

携帯をしまう代わりにポケットから煙草を取り出して、壮は一本を口にくわえた。

「昴たち、くると思うか？」

ライターで火をつけて、ふうと煙を吐き出す。

「くる気はあるでしょ」と碧は言った。「亘もいるし。ただ、間に合わないんじゃない？」

人も車も出入りがないまま、かなりの時間が過ぎている。学とヒデが突入を決断するまで、そう長くはないだろう。

「だよな」

「うん」

壮が小さな箱を指で弄《もてあそ》んでいた。煙草と一緒に取り出したもの、というより、一緒に出てきてしまったもののようだ。金属製のピルケースに見えた。指の間でくるくると回しているのは、無意識の仕草らしい。

「何、それ？」と碧は聞いた。

「ん？」

碧を振り返り、初めて自分の仕草に気づいたようだ。

「ああ、飴《あめ》」

壮はケースの中から白いタブレットのようなものを手のひらに出すと、口の中に放り込んだ。

「私にも頂戴《ちょうだい》よ」

「あ、今のが最後の一個。いる？」

壮がそれの載った舌をべろりと出し、碧は顔をしかめた。

「いらないよ」

壮はケースをポケットにしまった。手持ちぶさたを持て余して、碧は何となく手近の枝を一本折った。緑の葉のついたそれをくるくると回してみる。

「なあ、碧」

「ん？」

「碧は死ぬなよ」

見やった壮は、いつも通りからりとした笑顔をしていた。何かを聞き間違えたか、その前に何かを聞き逃したのかと思い、碧は壮の木のほうへ体を乗り出した。

「え？　何？　何の話？」

「誰かと暮らしてただろ？」

何の話か一瞬わからなかった。が、すぐに思い当たった。壮が迎えにきたとき、碧は聡志の部屋にいた。けれど、それは観察していただけだ。人間とはどんな生き物なのか、ふと興味が湧いた。それだけのことで、深い意味はない。壮にもそれは説明してあった。

「暮らしてたってほどじゃないよ。一週間ほど一緒にいただけ。それだって、ずっとじゃないし」

「それでもさ、それができるの、俺たちの中では碧だけだよ」

「うん？」

「だからさ、俺たちの中で人間と共存できるのは碧だけってこと」

突き放されたのかと思った。お前はこちら側ではなく、あちら側の生き物だ、と。けれど、壮の表情にも口ぶりにも、そんな様子はなかった。

「共存できたところでしょうがないよ。人間になれるわけでもないし」

「ちょっと聞いたんだけど」

「ん？」

「碧は子供を作れるかもって」

ああ、と碧は頷いた。

さっきから壮が何を言っているのかが、碧にもようやくわかった。

「ヒデ？」

「うん」

碧は手にしていた枝の葉に鼻を寄せた。深く息を吸い込む。青い匂いが体を染めていく気がした。そんな碧の様子を見ながら、壮が言った。

「静だって、モモだって、卵子は作れる。でも、それが通常のヒトの精子と受精する可能性はない。碧の卵子にはわずかながら可能性があるって」

あの日、碧が踏みつけた紙には、確かにそう書いてあった。『HYB・GH／2045』の卵子は通常のヒトの精子と受精する可能性がある。

碧は手にしていた枝を背後に放り投げた。

「前にラボを襲ったとき、そんなレポートがあったのを見かけたってだけの話よ。どこまで正確な実験かは検証してないし、そもそもレポートが本当に実験に拠《よ》っているものかどうかすらわからない。誰かの落書きかもしれない」

「それでもさ、俺たちの中で、未来とつながれる可能性を持っているのは、碧だけだろ。だからさ、碧は死ぬなよ」

「死ぬなも何も、私の寿命だって、そんなに長くないよ。知ってるでしょ？」

「四十だっけ？」

「うん」

「十分長いさ。まだ二十年以上ある」

そうか、まだ二十年以上あるのか。

あらためてそのことに思い当たった。

碧は壮を見た。壮の寿命は理論的にはすでに尽きている。が、壮の表情から、それを気にしている様子はうかがえない。

たとえばそれがかなうのなら……。

碧はそう聞きかけた。

ヒトと共存できるとしたら、壮はヒトと一緒に生きてみたい？　たとえば、ヒトの女性との間に子供を作れるとしたら、作ってみたいと思う？

もちろん、口には出せなかった。イエスにしたって、ノーにしたって、そんな答えは聞きたくなかった。自分たちは未来を閉ざされたのではない。未来を思うことすら閉ざされたのだ。そんなことに今更ながらに気づいた。

「もうやめようよ」と碧は言った。「今日で終わり。明日なんてない。そうでしょう？」

「ああ」と壮が言った。「そうだよね。ごめん」

「いっそ宇宙ごと消えちゃえばいいのにね」

緑の隙間から見える空を仰いで、碧は言った。

「今日限りで、宇宙は終わり。営業終了」

「長らくお疲れ様でしたって？　うん。それ、いいな」

くわえ煙草で、壮も空を仰いでいた。ふうと空に向かって煙を吐き出す。さっき見失った風が、二人の間を通り抜けていったような気がした。

蟻が歩いている。目の前の壁をゆっくりと蟻が登っていく。いや、蟻にしてみれば懸命に登っているつもりなのだろう。六本の足を健気に動かしている。

「おい」

壁を登っていた蟻が、壁を下りてきた蟻と出会った。互いの触角を擦り合わせている。どんな情報を伝え合っているのか。

「おい、榊《さかき》」

肩を揺すられ、榊はそちらを仰ぎ見た。

誰だかわからない。誰だかわからないという疑念すら、白く煙る霧の向こうに揺れている。

「おい、榊。時間だ。交代してやれ」

足を抱えて座っていた榊の前に顔を突き出して、言い聞かせるように男は言った。

ああ、嶋田《しまだ》か。

霧の隙間から、五年以上、同じ部隊にいる男の名前が垣間見えた。

「もうそんな時間か?」

時計に目をやる。

午後三時三十分。

二時間おきに、三人で交代していることは覚えていたが、前に自分が休憩に入った時間を覚えていなかった。その間、眠っていたのか、ただ壁を眺めていただけなのかも定かでなかった。

榊は強く首を振って立ち上がった。

「大丈夫か？」

肩に手を置いた嶋田の視線が不安そうに揺れている。危ぶんでいるのは、榊の正気だけではないはずだ。お前は大丈夫なのか。俺は大丈夫なのか。俺たちは大丈夫なのか。何かを伝えたかった。伝えたかったが、言葉が浮かばなかった。蟻のように確かな伝達手段を持っていれば伝えきれるのだろうが、あいにくと自分にも嶋田にも触角はない。

「大丈夫だ。問題ない」

そう答えるしかなかった。

肩に置かれた嶋田の手を叩いて、榊はゆらりと歩き出した。

昼間だというのに建物の中は薄暗かった。地上部分は以前はヘリの格納庫に使われていた。一階しかないが、天井までの高さは一五メートルほどある。広さはバスケットボールのコートが八面ほどは入るだろう。今はヘリの姿はない。だだっ広い空間に思い思いの格好で休む男たちがいた。今回の任務に当たるため、六チーム、十八人が、狙撃班《そげきはん》として編制されていた。各チームの一人は、必ず屋上で配置についている。

榊は灰色のヘルメットをかぶり、同じ色のシートをマントのようにまとった。屋上へ向かう階段に足をかけ、一歩一歩を踏みしめながら上る。目眩《めまい》を感じるわけでもないし、足下が狂うわけでもない。それでも一つ一つの動作をきちんと意識してやっていなければ、動作の重心みたいなものが狂う気がする。

階段を上がる中途で手すりに手をかけ、何ということもなく下を見た。東南の隅には大きな穴が開けられている。地下部分を拡充するための重機を搬入した穴だという。地下は三層構造になっている。最下層には、今、副大臣が身を潜め、十五人の警護班が周囲を固めているはずだ。軽く足首を回してから、榊は再び階段を上り、屋上へと出た。

すでに去ったはずの夏の、残り香のような匂いが鼻をくすぐる。すぐに身を伏せて、匍《ほ》匐《ふく》で進んだ。東側に面した低い壁の前に、六つの狙撃銃が二脚で支えられている。自分のチームの持ち場にたどり着き、腹ばいで銃を構える隊員の足を手で叩く。

交代だ。

手振りで伝えると、相手は頷き、同じように匍匐で階段のほうへと向かっていった。

榊は銃床を肩に当てると、まずはスコープを通さずに景色を確認した。建物の東側に広がる雑木林をやや上から見渡すことになる。

もともと一帯に広がっていた雑木林を伐採し、この建物は造られた。情報によれば、テロリストは少人数の部隊でこの建物を襲いにくるという。目標は地下で警護されている渡瀬浩一郎防衛副大臣。

なぜ副大臣殺害なのだ。おかしいじゃないか。

この作戦に入る寸前、電話をかけてきて、そう言った男がいたのを榊は思い出した。

男の名前は……名前は……。

榊は首を振った。浮かんでこなかった。かつて、自分がその男のことをとても尊敬していた気がするが、その記憶も曖昧だった。最後の電話で、男が何を言おうとしたのかも、うまく思い出せなかった。

そのテロが中国人スパイによって画策されたものだというのなら、その行為は中国の国益になるものでなくては……大臣を暗殺して、ましてや副大臣を殺すことにいったい何の……それはむしろ日本を孤立……最悪の場合、国際社会の黙認……中国からの……。

男は何を言おうとしていたのだろう。

わからない。覚えていない。

今は、そう、テロリストだ。襲ってくるテロリストを撃退しなくてはならない。

かたさをほぐすために右手の指を動かし、榊はスコープを覗いた。雑木林の中を哨《しょう》戒《かい》する隊員たちの姿が、時折、木々の合間から見えた。距離はおよそ八〇〇メートル。射程ぎりぎりの距離だ。

西側は、数キロにわたって木々が伐採され、遮蔽物のない草っ原が、なだらかに上っている。南北も、舗装道路まではほぼ見渡すことができる。敵がこの建物までくるならば、東側の雑木林を抜けてくるしかないはずだった。山の麓から舗装道路をきた敵は、途中で県道から逸れて、木々に身を隠しながら、雑木林をこの格納庫に向けてやってくる。それがもっとも可能性の高い敵の侵攻ルートだった。雑木林を哨戒する隊員たちが、最初に敵とコンタクトすることになるだろう。

押しとどめろ。

それが彼ら、哨戒班に与えられた役割だった。

敵と遭遇したら、とにかく発砲して、狙撃班に敵の出現と所在を伝えろ。それを受けて、狙撃班は一人ずつ敵を潰していけ。

捨て駒。

誰もその言葉を口にしなかったが、期待されている役割が、その結果を導くことに疑いはなかった。哨戒班がテロリストを制圧できるのなら、そもそも狙撃班の用意はない。狙撃班が用意されたのは、接近戦では勝てないと見てのことだ。狙撃班がテロリストを殺し尽くすのが先か。テロリストが哨戒班を殺し尽くすのが先か。その勝負だった。

敵の装備についてはわかっていなかった。が、化学兵器の使用を危惧《きぐ》して、ずいぶん前から、その作用を抑える薬を隊員のすべてが飲んでいた。弱い薬だが、長い期間、服用していれば、化学兵器に対する耐性を培えると聞いた。

少し頭がぼんやりするのは、薬が効いている証拠だろう。

榊はそう考えた。仲間たちもそう言っていた。

動作そのものに問題はないし、支障を感じたこともない。実際、訓練でも射撃精度は落ちていなかった。むしろ上がっていた。

ただ、どうにも……どうにも、何だろう？

ふとスコープから目を離した。きつく目を閉じて眉間を強く指で押し、集中できていない自分を叱咤する。

どうにも思考が鈍くなった気がする。それに物忘れが多い。特に固有名詞をよく忘れる。任務中は感じないが、休憩中にはしばしば時間の感覚がおかしくなる。

その通りだ。だから何だ？　俺は、だから何が言いたいんだ？　いや、いい。言いたいことはあとで聞いてやる。今は任務に集中しろ。

再びスコープに目を当てたときだ。銃身の下からコンという音がした。銃口が載っている低い壁の縁には、細い金属のパイプが通っている。スコープを覗いていると、すぐ近くの仲間の合図にすら気づかない。必要なときにはそのパイプを叩くことになっていた。

合図に目をやると、一番、北側に構えていた隊員が、敵の発見を知らせていた。慌てて銃口をそちらに向け、スコープを覗く。

男だった。北側の舗装道路を渡り、雑木林へと入っていく姿が、ちらりと見えた。足取りに警戒は見られない。まるでピクニックにでも出かけるような足取りだった。雑木林へ入ったあと、この格納庫を目指して西に向かえば哨戒班と遭遇することになるだろうが、そのまま雑木林を抜けて南の道路へと向かう様子が、木々の間から確認できた。スコープの距離計は九〇〇メートル前後を表示している。運と偶然を計算に入れないのなら、当たる距離ではなかった。

けれど、いた。

テロリストが初めて姿を現した。茫漠としたイメージにすぎなかった敵が、ようやく形をまとった。

榊は無意識に胸に手を当てていた。そこには誕生日のプレゼントにと妻から贈られたロケットがある。今時、ロケットしてるやつって、お前以外に見たことないよ。同僚たちにはよくそうからかわれたが、肌身から離したことはない。そこには一歳のときの娘の写真が収まっている。その娘も今では幼稚園に入った。素直な優しい子に成長している。自分が戦う理由がそこにある。

卑劣なテロリストからこの国を守る。お前を守る。そう、父さんがお前を……。

榊はしばらく呆然とした。

娘の名前を思い出せなかった。

そんな馬鹿な……。

焦る気持ちすら、意識の中心から遠いところで鈍く空回りしている。娘の名前を忘れている自分に焦ることができない。それがおかしいと思う気持ちすら、生まれた直後にみるみるしぼんでいく。

コンと、逆から音がした。反射的に右に顔を振り向けた。狙撃班の班長でもある一番南側の射手が、雑木林を抜けてきた先ほどのテロリストを示していた。そのまま舗装道路を渡ったテロリストは、すぐにその奥の雑木林へと消えた。

任務に集中。

逃げるように念じて、榊はスコープに目を凝らした。

やがてテロリストが消えた同じ場所から、別の男が姿を現した。巡らせた視線を、こちらでぴたりと止める。長身で細身の男だった。首に模様がある。アクセサリーかと目を凝らし、どうやらタトゥーらしいと気がついた。男がふらりと歩き出した。道路の端をこちらに向かって歩いてくる。

くるのか？

だが、男はしばらく歩いたところで歩みを止めた。振り返り、何事か声をかけている。スコープのせいですぐ近くに見えるが、無論、その声が聞こえる距離ではない。次の瞬間、そちらからいくつかの人影が飛び出していた。道路を渡り、雑木林に飛び込んでいく。

三人？　いや、四人いたか？

スコープの限られた視界では、人数を正確に把握することはできなかった。最後に残ったタトゥーの男だけがやけにゆっくりと道路を渡り、雑木林へと消えていった。

こちらの射程を測ったのか。

今の行動は、そうとしか受け取りようがなかった。

撃ってこないのなら、ここまでは大丈夫。

そう判断したのだろう。

けれど、もし射程内に入っていたら、どうするつもりだったのか。狙撃銃に撃ち抜かれても死なない自信が、あのタトゥーの男にはあったとでもいうのか。

考えてもわからなかった。

ただ、彼らはすでに演習地内の雑木林に身を潜めている。やがて哨戒班と遭遇するだろう。

お前を守る。父さんがお前を守る。この国を守る。

スコープを覗き、引き金にかけた指先に神経を注ぎながら、榊は休むことなく娘の面影に語りかけていた。そうしていなければ、いつか自分が娘の面影すら失ってしまいそうだった。

「そろそろ戻ってもよさそうなもんだけど」と碧は言った。「何かあったのかな」

輝が道路を渡ってから、すでに三十分近くが経っている。音波を出してみてはいるが、さすがに雑木林の向こうの様子まで測ることはできなかった。

「輝なら大丈夫だよ。向こうでモモとはしゃいでるんだろ」

いつもの光景を思い浮かべ、碧は苦笑した。

「そうかもね」

「なあ。ちなみに碧って、音波で蚊の居場所とかもわかったりするの？」

「蚊？　ああ、まあ、ね。ただ、蚊とかだと、こっちの音波が当たった瞬間に場所を……」

碧は言葉を途中で止めた。

どうした？　と聞くように、壮が小首を傾げてこちらを見ていた。

「壮。何を隠してるの？」

「うん？　え？」

「今の質問、おかしいよね？　輝ならともかく、壮らしくない。意味がなさすぎる。誤魔化そうとしたよね？　輝のこと？　輝が帰ってこないことが、何なの？　ねえ、何を隠してるの？」

「何も隠してないよ。碧、考えすぎ」

「知ってる？　壮って、緊張すると舌の先がぺろって出るの。今、出てた」

何かを言いかけ、壮は苦笑した。

「本当に、考えすぎだって」

「ねえ、壮……」

語りかけたとき、壮の表情が一変した。

「碧」

短く言って、顎をしゃくる。

碧は振り返った。もう車両はやってこないだろうとたかをくくっていて、そちらへの注意がおろそかになっていた。演習地に向けて、車が一台やってきていた。軍用車両ではない。白いセダンだった。中の人の姿までは目で確認できないが、昴たちだろう。目測からするなら、あと二十秒も経たずに前の道を通っていく。

「先、行くよ」

視線を戻すと、足を引っかけて枝からぶら下がった壮が、足を外し、そのまま下へと落ちていった。地面にぶつかる直前にくるりと回転して着地する。それきり壮は碧の視界からかき消えた。

ちょっと待って。

そう声をかける暇すらなかった。碧は幹を伝って木から下りた。地面に下り立ち、道路に向けて走る。碧がついたとき、すでに壮は道路の真ん中に立っていて、その前に白いセダンが停まっていた。運転席からは昴が、助手席からは隆二が、それぞれ降り立ち、開けたドアに手をかけていた。

「どいてくれないかな。パーティーに遅れそうなんだ」

現れた碧にちらりと視線を飛ばし、昴が壮に言った。後部座席から、沙耶と良介も車を降りた。

「身内だけの催しですよ。だって、招待状ないでしょう？」

「そう言うなよ。四人だけだ。何とか潜り込ませてくれないか？」

「駄目ですね。邪魔をされちゃかなわない」

「意地悪だな」

「駄目ならいいよ。押し通るから」

隆二がバンとドアを閉めた。思わず、壮に近寄ろうと動きかけた碧は、昴の鋭い声に制された。

「動くな。悪いけど、今回は遊んでる暇はない」

昴の手にはオートマチックの拳銃があった。その銃口がぴたりと碧に向いている。

「またまたー」と壮が笑った。「今回はって、前回だっていっぱいいっぱいだったじゃないですかー」

「当たってるだけに、腹が立つんだよね」

隆二がにやりと笑った。

「自信満々ですね。またトレーニングしたんですか？」

「結構、ハードにね」

「怖いなあ」

「怖がってるやつの顔かよ」

隆二が身構え、応じるように壮が重心を落としたときだった。空に銃声が響いた。

え？

碧は振り返った。音波を飛ばしたが、距離がありすぎて状況はわからない。ただ連続した銃声が、複数響き渡っている。連射機能を持つ銃が、少なくとも十丁近く、弾丸を発射し続けていた。

突入したの？

今回の作戦のために、ヒデは銃を用意した。北側を監視している碧たちは、合流地点で銃を受け取ることになっていた。南側にいるヒデたちは、すでに武装しているはずだったが、今、聞こえる銃声はヒデたちだけでは足りない。つまり……。

交戦しているのだ。戦闘が始まっている。

「壮」

碧は壮の背中に視線を戻した。壮は銃声に驚いてはいなかった。壮はこの突入を知っていたのだ。

「壮、これはどういうこと?」

壮は目を向けなかった。悲鳴のような碧の声に、昴が碧と壮を見比べていた。

「輝は……」

壮の背中が答えを拒絶していた。

虫よけ?

輝らしい。簡単にそう信じた自分の無邪気さが笑えた。

「沙耶」と碧は言った。「携帯、貸してくれない?」

銃声から状況を把握しようとしていたのだろう。目を閉じて、耳を澄ませていた沙耶が、灰色の瞳を碧に向けた。

「何ですって?」

「携帯よ」

「携帯?」

「すぐに返す」

何かを言いかけた昴を手で制して、沙耶が携帯を取り出し、碧に放り投げた。受け取って、碧は画面を見た。圏外の文字はなかった。アンテナの横に、棒が三本立っている。

すべて、嘘。

碧は沙耶に携帯を投げ返した。

「どうして？」

昴が向ける銃口さえなければ、壮に詰め寄り、殴りかかってやりたかった。

「私は仲間じゃないの？」

「馬鹿、言うな。仲間だよ」

ようやく壮が碧を振り返った。

「特別な仲間だ」

込められた意味はわかった。

——碧は未来につながっている。

「レポートのせい？　あんな、本当かどうかもわからない紙切れ一枚のために、私は外されたの？　あんなもののために、私は……」

「希望なんだよ」

壮は碧から視線を切り、昴たちへと向き直った。言葉だけが碧に向けられていた。

「碧は俺たちの希望なの。この世界に許しを請おうとは思っていない。俺たちは許されない存在でいい。その許されない存在が、それでも存在していたことを、世界に語り継いでくれる可能性を持っているのは、碧しかいないんだ。だから碧は生きて欲しい。俺たちのために、生き残って欲しい。それが、俺たちが渡瀬にできる、最大の復讐だから」

膝が震えた。立っていられるのが不思議なくらいだった。

「ヒデ、ね」

壮はそのヒデの言葉を伝えるために、この場に残された。とするならヒデは、もう碧と会うことはないと思っている。

「みんな、知っていたの？」

壮は答えなかった。それが答えだった。

碧は目を閉じた。

おどけるように四本の手を振って歩いていった輝の後ろ姿が浮かんだ。まるで照れたように、こちらを振り向きもしないで。

ヒデは、モモは、静は、学は、最後に別れたとき、どんな顔をしていただろう。彼らと最後に交わした言葉は何だっただろう。

「壮」

碧は目を開けた。その背中にかける言葉が浮かばなかった。

ぎりぎりまで碧を戦闘の場から引き離しておく。そして最後の場には、碧を一人残して、駆けつける。壮ならば、それができる。けれど、存外のタイミングで昴たちが登場してしまったということだろう。

「兄ちゃん、先に行って」

壮から目を逸らさないまま、隆二が言った。

「こいつぶちのめして、すぐに追いつくから。戦闘が始まったんでしょ。亘が危ない」

昴が頷いて、碧を見た。すぐに視線を逸らして銃を収め、叫ぶように隆二に言う。

「亘は必ず助ける。だから、隆二。絶対死ぬな」

「わかってる」

「隆二兄ちゃん、気をつけて。何か、前と違う。体が少し違う」

良介が壮を見ながら言った。

「わかった。良介も気をつけろ」

沙耶と良介が後部座席に乗り込むのを待って、昴も運転席に乗り込み、すぐに車を急発進させた。トン、と跳躍した壮の下を白いセダンが猛スピードで駆けていった。

目の前を通り過ぎていった車を惚《ほう》けたように見送り、碧は両膝に手をついた。

敵にすら見捨てられた。

銃で壮を仕留めるのは難しい。が、碧ならばすぐにでも殺せたはずだ。銃を収める前、昴はそれに迷ったはずだ。迷ったはずなのに、碧の目には一瞬の躊躇すらなく銃をしまったように見えた。

障害にはならない。

瞬時にそう判断されたのだ。

残しておいても、隆二の邪魔にはならない、と。

実際、そうだろう。自分は何もできない。

泣くこともできず、笑うこともできなかった。壮の言っていることはわかった。つまりは、ヒデの言い分は理解できた。みんなにとって、自分は未来につながる唯一の可能性だ。何の確証もない、細く脆《もろ》い糸だと、ヒデだってわかっているだろう。光の差さない暗闇が見せた幻想かもしれない。それでもお前は登れとヒデは言っている。みんなのためにその糸を登ってくれと言っている。みんなが望むことなら何でもしてあげたいけれど、これだけはできない。こんなことだけはしたくない。

「ひどいよ」

膝に手をつき、道路に向かって碧は呟いた。

「わかってる」

「わかってる?」

碧は顔を上げた。

「わかってるの? わかってるなら、生き残って。私と一緒に生き残って」

壮がわずかに顔を振り向けた。悲しそうに歪んだ表情が見えた。

「無茶、言うなよ」

「無茶はどっちよ。勝手なこと言ってるのは、ねえ、どっちよ」

壮が何かを言いかけたときだ。

「あのさ」

隆二が声を張り上げた。

「何かもめてるのはわかるけど、こっちも急ぐんだ」

「ああ、そうでしたよね」と壮が隆二に向き直り、言った。「それじゃ、ちゃっちゃとやっちゃいましょ。僕が今から全力で殺してあげますから」

壮の手が背後に回り、大振りのボウイナイフをつかんで、前に戻った。

「お前は全力で死ね」

「上等」

隆二も両手に銀色の球体を握っていた。つかの間、交錯した視線に、雑木林全体が息を潜めたような気がした。二人の姿がかき消えた。

碧ははっと息を呑んだ。

そんなはずは……。

次の瞬間、隆二が立っていた近くに壮が立ち、隆二は壮の二メートルほど先に膝をついていた。上げた隆二の顔に戸惑いがあった。碧はそれが自分の錯覚でないことを悟った。

「お前、この前より……」

「にゃはは。スピードアーップ」

くるくると放り投げたボウイナイフをおどけた仕草で受け止め、壮が高らかに笑った。

「努力するのが自分だけだと思ったら、大間違い」

「なるほど。そっちも鍛えたわけだ」

隆二が立ち上がった。

「待って」

碧はそちらに駆け寄ろうとした。

「待てるかよ」

短く言った隆二の姿が消え、壮の姿も消えていた。ふっと顔の前を風が通り過ぎていく。二人の姿は瞬時に左手に移動していた。木を背にした隆二の頬が切れて、血が流れている。壮は碧のすぐ近く、斜め前に立っていた。

「ずいぶん速くなったじゃんか」

頬に手の甲を当て、隆二はそこについた血をちらりと目で確認した。口調は強がってはいるが、顔に浮かんだ戸惑いは隠しようのない動揺に変わっている。隆二にも対応できないスピードなのだろう。

「まあね。こう見えて、陰で努力するタイプなんです」

あり得なかった。後天的に能力を獲得した昴たちとは違う。自分たちの能力は鍛えようがない。

　隆二兄ちゃん、気をつけて。何か、前と違う。体が少し違う。

　良介はそう言っていた。碧にはわからなかったが、良介の目は、壮の体つきに、以前とは違うわずかな変化を見たということか。

「壮。何をしたの？」

　碧の囁きに振り返った壮は、けれど答えることはなかった。それを隙と見て取ったか、隆二が構えた。

「やめて」

　壮の前に回り、隆二の前に立ち塞がったつもりだった。が、碧の目の前に隆二の姿はなかった。振り返った先に壮がいることもなかった。はるか右手に金属音が聞こえた。一瞬、かすむように路上に現れた二人の姿はすぐに消えた。雑木林の枝が揺れる。次に聞こえた金属音は、雑木林の奥に移っていた。

　壮のスピードが上がる。あり得ないはずだ。あり得ないことを壮はやった。

「どうやって……」

　瞬発力を上げるには、筋力を上げるしかない。鍛錬ではなく筋力を上げる方法……。

　ほんの数十分前の光景が浮かんだ。

　壮が口に入れたタブレット。

あれ、か。

常識を超えた筋肉に働きかける、常識を超えたドーピング。そういうことだ。けれど……。

「やめて、壮」

碧の口から呟きが漏れた。

部位を選んで、選択的に特定の筋肉に働きかける薬など、想定しにくい。その薬はすべての筋肉に作用すると考えたほうがいいだろう。当然、筋肉のかたまりである心臓にも……。

トクン、と碧の心臓が跳ね上がる。

耐えられるわけがない。壮の異常な運動力を支える心臓は、普段の生活の中ですら酷使されている。ましてや、すでに理論的な寿命を超えている壮だ。今、それ以上の負荷をかければ……。

「やめて、壮……やめて、お願い」

漏れそうになった嗚咽を堪え、目を閉じる。雑木林に向かって丸く口を開き、音波を飛ばす。

速すぎる。

右に踏み出し、雑木林を縫いながら走った。けれど、次に音波を飛ばしたときには、二人の体ははるか左手にある。

やめる気がないなら……壮、早く決めて。隆二を殺して、早く体を、心臓を休めて。

次に音波を出すときには、そこにいなくなっている。わかっていながら、碧はそちらに向けて駆ける。また右へ。次は左へ。次は背後へ。さらに左へ。小枝がかすめて、頬が薄く切れる。すでに手足は傷だらけだ。構わず、碧は走り続けた。さらに雑木林の奥へ。

ふと動きが止まった。横たわった一人の上に、一人が馬乗りになっている。体格の似ている二人は区別がつきにくい。けれど……。

たぶん、上が壮。

もう一度、音波を飛ばす。馬乗りになった一人が腕を振り上げている。

早く殺して。

碧は走り続けた。太い樫《かし》の木の向こう。そこに二人がいる。飛び出して、碧は立ち止まった。

やはり、上にまたがっていたのが壮。すでにナイフを振り下ろしている。体全体を預けるようにして、隆二に覆い被《かぶ》さっていた。

「やったの？」

動いたのは下の隆二だった。壮に覆い被さられたまま、首だけをねじって碧を見た。

「壮。早く殺して」

壮は動かなかった。

「壮」

碧は近づいていって、壮の隣に立った。

「……壮？」

「なあ、どうなってる？」

横たわったまま、隆二が碧を見上げた。碧は膝をついた。

「こいつ、何で死んで……」

「黙れ」

隆二を睨みつけると、碧は横から壮の肩を抱いた。温《ぬく》もりは伝わってくる。けれど、それは生きている者の熱とは違っていた。すでに失われた熱の残滓《ざんし》だった。ぐらりと壮の体が傾いた。碧は腰に力を込めて壮を支えた。壮のポケットから金属のピルケースがこぼれ落ちた。

たぶん、壮は覚悟していた。薬も壮自身が用意したものだろう。おそらくヒデにすら内緒で。自分に刃をくれたあの日、壮は「ついでがあったから」こちらにきたといった。その用事を聞いた碧の質問に、壮は答えをはぐらかした。きっと薬を用意しにきたのだろう。あのときからすでに、壮はこうなる覚悟を決めていた。

「もう、いいよ、壮。みんなのところへ行こう。ヒデのところに連れてってあげる」

握ったまま地面に突き刺さっていたボウイナイフから右手を剝がし、左腕を自分の肩に担いだ。立ち上がろうとしてよろけた。壮の体とともに地面に倒れてしまう。

あはは、と碧は笑った。

「ごめんね。私、力なくて。今度は大丈夫だから」

頰についた泥を拭いもせずに、碧はもう一度、壮の腕を自分の肩に回した。今度は壮の腰にしっかりと右腕を回し、足を踏ん張って立ち上がった。何とか立ち上がったが、歩き出した途端、壮の体はずるずると崩れてしまう。

「ごめんね。私、何もできなくて。でも、ヒデならきっと何とかしてくれるから。向こうには学もいるし」

ほとんど引きずるようにして、もう三歩、歩いた。それが限界だった。碧はその場にぺたんと座り込んだ。銃声はまだ続いている。碧は壮の足をぺしんと平手で叩いた。

「少しは自分で歩いてよ、壮。私一人じゃ、運べないよ」

「なあ、そいつ、もう死んでるよ」

振り返ると、隆二が上半身を起こしていた。腕を切られたようだ。体重がかかったときに、少し顔をしかめた。

碧は左の袖のリングに指を入れた。立ち上がった隆二が近づいてくる。一歩、二歩。三歩目を踏み出す前に、無言で刃を抜いた。胴を薙いだはずだが、手応えはなく、目の前に隆二の姿もなかった。逃げられたと悟ったのと同時に、刃が樫の幹にめり込んでいた。もう引き抜く気も起きなかった。指をリングから抜き、壮の体を膝に抱いた。樫の木の陰から隆二が現れた。こちらに近づいてくる。

——碧は死ぬなよ。

壮の声が耳に蘇《よみがえ》った。

ごめんね、壮。私、ここで殺されるみたい。

隆二が碧の真横に立つ。碧は壮の体をぎゅっと抱いた。眼前に手が伸びてきた。碧は振り向き、隆二を仰ぎ見た。

「どこかに運ぶんだろ？　運んであげるよ。どいて」

碧は視線を外し、また壮の体をぎゅっと抱いた。

「うん。不本意なのはわかるけどさ。それはこっちも同じだし」

「どうして？」

「ああ、うん」

しばらく言い淀んでから、隆二は渋々と口を開いた。

「そいつに頼まれた」

「頼まれた？」

碧は再び隆二を仰ぎ見た。

「うん。蹴り倒されて、馬乗りになられて、右手に握ったナイフをそいつが振り上げて、やべ、殺されるって思ったときに」

　これ、貸しですよ。

「にやっと笑ってさ。これ、貸しですよ。だから、頼みます、って。倒れてきて、それきり動かなくなった。よくわかんないけど、そいつ、君のことを頼んだんじゃないの？」

　碧は腕の中の壮を見た。言われてみれば、壮はいつもの壮らしいからりとした笑いを頬に浮かべている気がした。

「いい。置いていく」

　碧は膝から壮の体をどかした。仰向けにして、胸の上で両手を組ませる。金色の髪を撫でつけて整えてやっていると、頬にハエがとまった。碧は手でハエを追い払った。体に何かをかけてやりたかったけれど、かけるものがなかった。碧は立ち上がった。

「壮はここに置いていく。その代わり、その体、私に貸して」

「え？」

「これから先は、私の言う通りに動いて。大丈夫。昴を殺せとか、そういうことは言わないから」

「いや、でもなあ」

「壮に助けてもらった命でしょ？　死んでたはずの体でしょ？　壮は私のことを頼んだ

んでしょ？」

「ああ、うん。それじゃ、まあ、良心が許す範囲内でってことで、いい？」

「いいわ。とりあえず、私を守って」

刃を幹から抜いて、袖口に収めた。銃声はやむことなく、響き渡っていた。碧はそちらに向かって歩き出した。


あれは、テロリストなのか？

スコープに目を当て、榊はぎりぎりと奥歯を嚙みしめていた。

いや、あれこそがテロリストと考えるべきなのか。軍隊で訓練された兵士の動きとは、明らかに違う。

スコープの中で、また哨戒班の隊員が一人、殺されている。長い刃物らしきもので首を切られ、血飛沫を上げながら倒れていく。凶器を持ったままの敵に向けて引き金を引くが、当たらない。この距離で狙撃するなら、せめて二秒、標的が静止している時間が欲しかった。が、標的は常に動いている。しかもこちらの予測を外すような動きが多く、直線的な動きはほぼない。

完全に想定外だった。

テロリストと哨戒班とは、互いに武装しているのだ。接触するとはいえ、ある程度の距離を取って対峙するのが当たり前だと思っていた。敵と味方との間に相応の距離があれば、ある程度遠距離からでも狙撃は可能だ。少なくとも、おおよその場所に弾丸を放り込むことはできる。運任せの射撃でも、かなりの威嚇効果はあるだろう。が、今、テロリストと哨戒班との距離はゼロだった。ほぼ入り乱れる形で戦闘が行われている。哨戒班に当たってしまう可能性を考えれば、やたらと引き金を引くわけにもいかない。そして、その超接近戦では、哨戒班はテロリストにまったく歯が立たなかった。味方に当てるわけにはいかないから、味方が殺されたあとに引き金を引く、という皮肉な状況が続いている。

背後に人の気配を感じて、榊は振り返った。休憩していたはずの狙撃班のメンバーがそれぞれに銃を手にして、屋上に上がってきていた。班長の指示に従い、屋上の東面に並ぶ。狙撃班十八人、全員が、一列に並ぶ形になった。新しくきた隊員たちが手にしているのは、狙撃銃ではなく自動小銃だ。確かに、哨戒班は押し込まれていて、テロリストとの距離は近づいている。けれど、それにしても、まだ自動小銃の射程ではない。それに、そもそも……。

「おい」

隣にきた嶋田に声をかけた。

「ああ。そういうことだ」

それ以上の会話を拒むように、嶋田は腹ばいになり、銃を構えた。

狙撃銃ではなく、自動小銃を装備した。それは点への攻撃を放棄したということだ。殺せ。味方ごとでも構わない。

そういう命令だ。

「馬鹿な」

榊は思わず吐き出した。

わずか数人のテロリストのために、分隊を一つ、見殺しにしろと？

「命令だ」

嶋田が短く答えた。

「副大臣のか？」

「日本国のだ」

嶋田が叱責するような口調で決めつけた。

その目に宿るのは、もはや理性ではなかった。狂気というほどの熱もない。醒めた惰性だった。これは命令であり、これは任務である。否応《いやおう》はない。思考を放棄した惰性があった。

おかしい。何かがおかしい。俺たちは何かを奪われている。兵士としての能力だけを残し、何かを抜き取られてしまった。

そう嶋田に言いたかったが、うまく説明できそうになかった。榊の中でも、それは論理立てられないまま、うやむやに溶けていく。やがて考えること自体が苦痛になる。自分は兵士であり、命令ははっきりしている。だったら、それに従えばいい。そんな思考が、ごく当たり前の正論として頭の中心に居座ってしまう。

コン、と音がして、榊は右を向いた。班長が自動小銃を手にしている隊員たちに、手振りで一斉射撃に備えるよう命じていた。

榊はスコープを覗いた。まだ自動小銃の射程ではない。もう少し押し込まれるまで待つつもりだろう。もう少し押し込まれるまで。つまり、もう少し哨戒班が殺されるまで。

すでに哨戒班が何人死んでいて、テロリストがあと何人残っているのか、榊にはまったく把握できなかった。

スコープを覗いていると、動きを止めている哨戒班の一人が目に留まった。立ったまま死んでいるのかと思ったが、そうではなかった。銃を構えることもなく、両手をだらりと垂らして、ふらふらと歩いていく。その姿をスコープで追った。やがて彼が両腕を上げた。待ち受けていたように女が彼を抱き留める。その場にいる以上、テロリストの一人なのだろう。

二人が何をしているのかはわからなかった。が、今、動きを止めているテロリストがスコープの中にいた。味方の安全を問わないのなら、いや、味方ごと殺していいのなら、絶好の場面と言える。骨さえ外れれば、彼の体を貫いた弾丸が女の体に届くだろう。躊躇したのは一瞬だった。これは命令であり、任務だ。

榊は引き金に指をかけた。哨戒班の兵士の背中に向けて、引き金を引く。スコープの中で二つの体が崩れた。しばらく覗いていたが、どちらの体も動き出す気配はなかった。念のために、もう一発、女の体に撃ち込もうとしたときだ。スコープの中に、別の人影が飛び込んできた。違う女だった。隊員の体を押しのけると、テロリストの体に取りつき、揺すっている。すでに事切れているのだろう。その体を胸に抱き、空に向かって吼えるように泣く姿が見えた。実際に吼えたのだろう。

シ、ズ、カ、タ、ン。

女の声は、そう聞こえた。女の声が聞こえたことで、すでに彼らとの距離がかなり近づいていることに、榊は気がついた。

コン。

合図が鳴った。自動小銃を構えていた隊員たちが一斉射撃を始める。女の声は銃声にかき消された。まだ死体を胸に座り込んでいる女に向かって引き金を引こうとしたとき、女が動いた。両手を上げて、ゆっくりと立ち上がる。哨戒班の一人が、女に自動小銃を向けていた。そう命じたのだろう。女が提げていた自分の自動小銃をゆっくりと体から外し、地面に捨てた。一歩、女に近づいた途端、哨戒班の隊員が地面に倒れた。倒れた方向から考えると、こちらの一斉射撃の流れ弾が当たったわけではない。女に撃たれたようにしか見えない倒れ方だったが、女は銃器を手にしてはいなかった。倒れた隊員に近づこうとしていた女が、不意に視界から消えた。スコープを下にずらすと、女は手で右足を押さえてごろごろと地面を転がっていた。女の手が鮮血に染まっている。こちらには、一斉射撃で降ってきた弾丸の一つが当たったのだろう。どうにか立ち上がった女が、足を引きずりながら、手近にある太い木の裏に逃げ込もうとした。榊は引き金を引いた。女には当たらなかったが、着弾した木の幹を見て、女がその裏に逃げ込むのを躊躇した。足を止めた途端、背中を強く押されたように、女の体が前に飛んだ。別の狙撃銃の的になったのだとわかった。つんのめった女は、木の幹を抱きかかえるようにして倒れ込んだ。近くにいた哨戒班の隊員が二人、気づいて、女に近づいていく。二人を振り返り、何を叫ぼうとしたのか。女が息を大きく吸い込んだ。が、女の口が声を発する前に、二人の隊員の自動小銃が火を噴いていた。無様に踊るように幾十もの銃弾を身に受けながら、いったい何をしたのか。二人の隊員のうち、一人が背後にひっくり返って、それきり動かなくなった。もう一人の隊員がマガジンにあった全弾を撃ちつくした。大きく何度か肩で息をした隊員は、やがて我に返ったように、マガジンを入れ替えると、新たな敵を求めて、その場から立ち去っていった。最後に女の表情を確認して、榊はスコープから目を離した。木の幹に縫いつけられたように、中腰のような姿勢で事切れている女の顔は、不敵に微笑んでいるように見えた。周囲では銃声が途切れることなく続いていた。

6

格納庫から視認されることがないように車をかなり手前で捨て、僕は沙耶と良介とともに雑木林を走った。間断なく空に響く銃声は、この演習地では珍しいことでもないのか。けれど、近づくにつれて重苦しく迫ってくる、殺気をはらんだ張り詰めた空気は、ただの演習では生まれようのないものだろう。

木々の隙間から格納庫までを見通せる場所を見つけ、僕は足を止めた。隆二が車においていったザックから双眼鏡を取り出し、目に当てる。格納庫は極端に窓が少ないグレーの建物だった。屋上から狙撃が行われている様子が見て取れる。一列に並んだ六つの銃口がめいめいに火花を噴いていた。自動小銃の連射音は先の雑木林の中から聞こえている。とするなら、そこにも分隊がいて、アゲハと交戦しているということだろう。大曾根から教わった格納庫の構造から考えるなら、渡瀬は地下部分にいる可能性が高い。亘の身を思えば、今すぐにでも飛び込んでいきたかった。が、沙耶と良介がいることを考えれば、うかつに飛び込んでいくわけにもいかない。

　ようやく呼吸を整え終えた良介に双眼鏡を渡した。沙耶はすでに目を閉じて、耳を澄まし、音で様子を探っている。その沙耶がはっとしたように目を開けた。僕の肩越しに視線を飛ばす。

「誰かいる」

　僕が銃を構えて振り返るのと同時に、木の陰から女が姿を現した。シズカと呼ばれていた女だった。静、だろう。僕らに向けた艶やかな笑みに、良介が体を震わせた。

「ずいぶん遅かったのね」

　バイクに乗るためのライディングギアのような黒っぽい上下を着ていた。短機関銃を肩からかけていたが、今、構えるつもりはなさそうだった。

「何だ、アゲハか」

　つまらなそうに言った沙耶に、静は鼻をくすんと鳴らすようにして笑った。

「ご挨拶ね」

　静がゆっくりと近づいてきた。やはり銃を構える気配はなかったが、僕のほうに銃を下ろすつもりはなかった。向けられた銃口を気にする風もなく、静は僕らがきた方角に目を細めた。

「あっちからきたなら、アオイと壮に会わなかった？」

「アオイ？」

「紺碧《こんぺき》のペキの碧。知ってるでしょう?」

「そんな名前だったっけね」と僕は頷いた。「それなら、会ったよ」

「ああ。だから一人いないのか。ねえ、そのとき碧は……」

静が何か言いかけたとき、背後の木の陰からモモが現れた。こちらは迷彩色の戦闘服を着ている。子供っぽい顔立ちのせいで、お遊戯の仮装か、何かのコスプレに見えた。自動小銃を肩からかけ、大きな布袋を持っている。僕らに向けて、モモは気楽に手を上げた。

「およ、王子。久しぶり」

「王子?」

聞き返した僕に、モモは「何でもないのじゃ、何でもござらぬ」と手を振った。

壮と碧が離れていて、静とモモがここにいる。学が戦場を駆け回っていることもないだろうから、鳴り響く銃声は、ヒデと、四本の腕を持つテルと呼ばれていた男に向けられたものか。たった二人であれだけの銃弾を呼び込み、かいくぐっているのだから、たいしたものだ。今更ながらにアゲハの戦闘能力の高さには感心させられた。

「せっかく会えたんだけど、ざーんねん、もう行かなきゃ」

言いながらモモは、後ろ向きに歩を進めている。ふざけた口調や気楽そうな表情とは裏腹に、僕の構える銃に油断なく視線を向けていた。

「どうするつもりだ？」

「こっちにはこっちの作戦があんの。邪魔すんなら殺すよ」

静もモモに並んで歩き出した。こちらは僕にあっさりと背を向ける。撃つなら私を撃てと誘うような仕草だった。が、撃つなら、静ではなくモモが先だ。僕が銃を撃つ前に、モモは金属片を発射できるだろうか。そのときモモが狙うのは僕ではなく、良介か沙耶だろう。二人をこのまま行かせるべきかどうか、僕は迷った。声を上げたのは、あろうことか、良介だった。

「あの」

モモが足を止めて良介を見やり、静も立ち止まって振り返った。僕と沙耶は唖然《あぜん》としていた。良介が自分から誰かに声をかける。そんなシーン、これまで見たことがなかった。

「あの……、どうした……ですか？」

日本語に堪能《たんのう》でない外国人のように、良介が言った。良介は僕ら以外の人と話すことはほとんどない。無理に喋ると、こうなる。

「何？」と静が聞き返した。

「あの、体……です。どこか、悪いん、ですか？」

静とモモが顔を見合わせた。

「あなたは」と良介はモモを見て、言った。「歩き方が、あの、おかしかったです。こうじゃなくて、こう」

　良介が仕草で示した。どうやら歩くときに体が左右にぶれると言いたいようだった。僕の目には不自然な歩き方ではないように映ったが、以前に見たモモの歩き方とは違うということなのだろう。

「あなたは」と今度は静に向けて言う。「髪が、色が違う。数も少ない。体も、違う。体は、壮も違った」

「髪の色？」と僕は良介に聞いた。

「色っていうか、艶《つや》っていうか」

「何の話なの？」と沙耶が聞いた。

　それ以上をうまく説明できないらしい。

「いや、何の話とかじゃないんだけど」

　もごもごと言って、良介がうつむいた。

「君は、碧も見たわね？」

　静が口を開いた。良介は顔を上げ、コクコクと頷く。

「碧はどう見えた？　前と違うところ、あった？」

　良介はぶるぶると首を横に振った。

「違うけど、普通。だから、えっと、当たり前の違い。あなたたちは違う」

また静とモモが顔を見合わせた。肩をすくめたモモに、静が軽く微笑んでいた。

「いいことを教えてくれたから、いいことを教えてあげる」と静は良介に言った。「生き物は何のために生きている？」

僕が戸惑ったのは、良介に向けた唐突なその質問よりも、静の表情だった。まるで弟を見る姉のような視線で、あるいは子供を見る母のような視線で、静は良介を見ていた。

「個体のために生きられる生き物なんていない。生き物はね、どんな生き物だって、次の世代のために生きるものよ」

良介、僕、沙耶と視線を移した静は、また良介に視線を戻した。

「だから、たいがいの生き物には、子供の世代が独り立ちするまでの寿命が与えられている。では、次の世代のない私たちには、どれだけの寿命が与えられていると思う？」

良介が何かに気づいたように、目を見開いた。

「それは……老化、なの？」

細い喉をのけぞらせるようにして、静が笑った。

「君、レディに向かって老化とは失礼よ。でも、そういうことね。理論的にいうのなら、私はそろそろ寿命を迎える。壮なんて、実は理論的な寿命を超えてる。そういう時期に差しかかって、私たちの体は急速に劣化している。例外は碧だけ」

人と同じと思えば違和感はある。が、ここまで特異な生き物であるアゲハの寿命が、人のそれと同じだと考えるのも道理に合わない。

「だからか」と僕は思わず口を開いた。「だから、こんなに急いだのか」

アゲハ登場から今日まで一年半ほど。復讐だけが目的ならば、もっとじっくりいたぶってもよかったはずだ。

静が僕と沙耶に目を向けた。改まったように口を開く。

「私たちに、あなたたちと渡瀬とを相手にしている余裕はない。それ以上に、あなたたちに、私たちと渡瀬とを相手にする余裕はないはず。違う？」

「そうだね」と僕は頷いた。

「だったら、その銃、下ろして。私たちが欲しいのは渡瀬の命。敵対してこない限り、亘に手は出さない。だから、私たちが終わるまで待って。渡瀬も、兵隊たちも全部、殺しておいてあげる」

飛びきり余裕があれば、アゲハたちはそうしてくれるかもしれない。けれど、少しでも余裕がなくなれば、彼らはいつでも亘を見限るだろう。そんな条件、呑めるはずがない。

「駄目だ」

こちらに一歩踏み出してきたモモを、静が腕を上げて押しとどめた。

「じゃあ、二十分。いえ、十五分でいい。今から十五分、ここを動かないで。それでどう？」

静は銃に手をかけていない。むしろかける気がないことを示すように、両手を体の横に上げている。が、モモのほうはもういつでも金属片を撃ち出せる体勢になっていた。沙耶と良介に銃は持たせていない。井原が危惧していたのは、つまりこういうことか、と僕は気づいた。自分一人しか鍛えないなら、僕は単身で動くべきだった。沙耶や良介を連れて行くのなら、二人にも訓練を施し、武器を携帯させるべきだった。無論、人を殺す可能性は承知した上で。どちらの非情にも振り切れなかった甘さが、今の状況を招いている。

この先の四分の一時間。それが僕らやアゲハにとって、どんな意味を持ってくるのかわからなかった。が、僕は銃を下ろした。

「十五分だな？」

「そう。十五分でいい。その代わり、何があっても、十五分よ」

「何があっても？」と僕は聞き返した。

モモが苛立ったように口を挟んだ。

「こっちにはこっちの作戦があるって言ったでしょ？　つけてきたりしたら、本当に殺すからね。静たん、行こ」

布袋を提げて、モモが銃声のする方向へすたすたと歩いて行った。そちらへ行きかけてから、静は僕を振り返った。

「もし、碧に会うことがあったら伝えてくれる？　静が謝ってたって、それに」

微かに背後を振り返った静が、僕に視線を戻して小さく笑った。

「モモも謝ってたって」

何度か見た艶やかなそれとは違う、素朴な笑顔だった。

「碧は知らないんだな？　今の寿命の話。自分が例外ってことを」

「ええ。そう。可哀想《かわいそう》だから」

「可哀想？」

「自分だけが人間並みに長生きできるなんて知ったら可哀想だから。自分の寿命は四十くらいだと思い込んでる。私たちが碧についた嘘」

「そう」

「いい子なのよ、碧って」

やり切れないように首を振った静は、きびすを返すと、モモのあとを追って、雑木林の奥へと消えていった。沙耶が僕の隣にきた。

「どういうこと？　碧に会うことがあったらって」

僕らは碧に会う可能性があり、自分は碧に会う可能性がない。静はそう考えているということだろう。

「死ぬつもりなんだろう。アゲハたちは、最初から死ぬつもりでここにきている」

「いいの？」と良介が聞いた。

十五分も待っていていいのか、という意味ではなく、二人きりで行かせていいのか、という意味のようだ。一緒に行って、一緒に戦ってやるべきではないか、と。

「目的が違うよ」と僕は言った。

良介が渋々と頷いた。

「本当に、十五分、待つの?」と沙耶が聞いた。

「しばらく様子を見よう。隆二が追いついてくるかもしれないし」

言いながら、僕は静とモモが現れた木の向こう側に回り込んだ。戦闘地点から二〇〇メートルほど離れたこの場所で、二人が何をしていたのかが気になったのだ。そこには男の死体が二つ転がっていた。兵士たちの死体なのだろうが、下着だけを残し、服は取られている。目立った外傷はなく、死因はわからない。少なくとも、銃に撃たれたわけでも、モモに撃たれたわけでもなさそうだった。

「これ、どういうこと?」と沙耶が聞いた。

良介もやってきて、死体を見下ろした。

「何らかの手段で、兵士をここまでおびき寄せ、装備に傷がつかないよう、速やかに殺した。静の能力が、そういうものなのかな。死体から装備をはがして、ああ、布袋の中身はそれか」

「それを、どうするの?」

「さあね」

アゲハたちがどう動くつもりかはわからないが、あと二〇〇メートル前進すれば、戦闘地点。建物の屋上に並んでいる狙撃銃の射程にも入るようだ。そんな場所に、沙耶や良介を連れて行くわけにもいかない。

晴れ渡った空に、やむことなく銃声が響いていた。のしかかってくるような重い殺気も感じる。僕と良介は木の陰に身を隠しながら、交代で格納庫のほうを確認した。沙耶は木の根元に腰を下ろし、目を閉じている。やがて銃声が極端に数を増した。

「昴兄ちゃん」

差し出された双眼鏡を目に当てて格納庫を見た。屋上に並んだ銃の数が増えている。六つだったのが、今は二十近い。しかも、狙撃銃ではなく自動小銃だ。立て続けに銃口から火を噴いている。屋上から地上に向けて、舐めるように連射している様子が見えた。

あ、と小さく呟いた沙耶が目を開けて、僕を見た。灰色の目に浮かんだ驚きが、やがて悲痛な色を帯びる。

「モモが悲鳴を上げてる。静たんって」

「静が、死んだのか?」

「そうみたいね」と沙耶が頷いた。「そうとしか思えない」

僕は建物のほうへ視線を戻した。ばらまくように弾丸が放たれている。着弾地点が徐々に建物に近づいていく様は、アゲハたちがじりじりと前進している証拠なのだろう。戦況はまだアゲハが押しているということか。

「あ、また」

「え？」

「モモが死んだ。もう一人、女を殺したって、兵士が無線で報告してる」

沙耶は目を閉じ、眉間に皺を寄せていた。いくら沙耶の耳でも、鳴りやまない銃声の間から必要な音を聞き取るのは難しいのだろう。

「二人とも殺された？」と僕は思わず声を上げていた。「どうなってる？」

アゲハの生死に興味はなかった。僕らの目的は、あくまで亘を奪還することだ。それでも、二人が殺されたと聞いて、僕は自分でも意外なほどの腹立たしさを覚えていた。

「あいつら、何やってるの？」

沙耶の声にもやるせない怒りが混じっていた。

「死ににきたにしたって、これじゃ、本当にただの無駄死にじゃない。相手が渡瀬だからムキになっているの？」

しばらく鳴り響いていたおびただしいまでの銃声が、気づくと徐々に数を減らしていた。いったん鳴りやみ、その後、散発的に何発か発砲音が響いた。が、じきにそれもなくなった。風に乗った硝煙の匂いさえなければ、先ほどまでの騒音が信じられないくらいの静けさが訪れた。

「どうし……」

沙耶が僕の手を強く引いて、言葉を制した。わずかに顎を上げて、目を閉じている。ひどく集中しているようだ。やがて沙耶が目を開けた。

「捕まった。アゲハが一人、投降したみたい」

「でも、何で射撃が止まったんだ？　あと二人、いるはずだろう？」

「女二人、男二人を射殺。男一人が投降。そう報告してる」

男二人も射殺したのか。投降したのは、誰だろう。学？

とにかくここからでは、何が起きているのかがまったくわからなかった。

「行こう」

僕は沙耶と良介を促して、格納庫のほうへ歩き出した。

哨戒班の隊員たちが、疲れ切った表情で格納庫の中に引き揚げてきた。生き残りは、十人いるかどうかだろう。皆がガスマスクをしている。

「終わったな」

近づいてきた一人もマスクをしていて、それが誰なのか、榊にはわからなかった。

「化学兵器か？」

聞き返されて、マスクをしていたことを思い出したようだ。彼がマスクを取った。顔に見覚えはあったが、名前が出てこなかった。曖昧に漂う相手の視線を見て、彼もこちらの名前をうまく思い出せずにいるのではないかと榊は疑った。

「最後に殺した一人が、死ぬ間際に使ったらしい。マスクをしろと、叫んで回ってくれたやつがいたおかげで、誰も死なずに済んだ」

「化学兵器では、な」

「ああ。そうだな」

「これで、全部か？」

格納庫内に引き揚げてきた哨戒班の隊員は彼で四人目だ。

「捕虜に二人ついているし、テロリストの死体を回収しにいった隊員もいる。仲間の死体はあとだそうだ。ああ」

今し方、格納庫に入ってきた二人連れを見て、彼が駆け寄ろうとした。

「いい」と榊は彼を制した。「俺が行く。休んでろ」

二人連れのうち、一人は足を怪我したようだ。もう一人が肩を貸して、ほとんど担ぐように歩いていた。榊は近づき、逆の腕を取った。

「大丈夫か？」

相手は何度も頷いた。

「マスクは外して大丈夫だ」

榊は手を伸ばしかけたが、のけぞるようにして相手が避けた。肩を貸していた一人が、榊に言った。

「風向きが変わった。こっちにも流れてくるかもしれない。お前もしておいたほうがいい」

榊は慌ててマスクをかけた。

あらためてもう一つの腕を取ろうとした榊に、肩を貸しているほうの男が言った。

「こいつは大丈夫だから、外を見てきてくれ。死体回収に手が足りないかもしれない」

彼も怪我をしているのだろう。戦闘服の襟から覗く首筋に包帯を巻いていた。

「わかった」

外に出ると、ちょうど投降したテロリストが連れてこられるところだった。まだ若い。にやっと榊に笑いかけたその顔は、ひらひらしたふざけた服装と相まって、半端者のチンピラか、頭の悪い大学生のように見えた。後ろ手に手錠をかけられている。怪我はないようだ。自分の足で歩いていた。左右にマスクをした隊員がついていた。情報によれば、テロリストは中国人のはずだが、彼に日本語が通じるのかどうかはわからなかった。

「テロリストの死体は？」と榊は隊員に聞いた。

「回収した。じきにくるだろう。ああ、ほら」

雑木林から青いタープにくるまれた四つの死体を、隊員たちが一つずつ肩に担いで運んでくるところだった。榊は彼らに歩み寄った。

「これで全部なのか？　手が足りないと聞いたが」

「いや。これで全部だ」

たった五人。わずか五人のテロリストにこれだけ手を焼いたということか。

紐でくくられていたタープを少しめくって中を確認し、榊は顔をしかめた。テロリストの顔は、無残なまでにぐしゃぐしゃになっていた。戦闘の傷には見えない。すでに絶命した体に、腹いせに銃弾を撃ち込んだのだろう。もう一人のテロリストも同様だった。この二人の男のテロリストがいつ殺されたのか、狙撃班には伝わっていなかった。哨戒班からは、ただ死体発見の報告だけが届いた。腹いせに銃弾を撃ち込んだ誰かが、咎められるのを恐れて、射殺を報告しなかったのだろう。そうしなければ収まらなかったその兵士の気持ちは榊にもわかった。残り二人の女のテロリストは、それほどの損傷ではなかった。二人ともに、顔に笑みを浮かべて死んでいるのが不気味だった。

榊はタープを直した。死体を運ぶ四人が歩き出す。それをしばらく見送り、自分も格納庫に戻ろうと歩き出してから、榊は気づいた。

「待ってくれ。もう一度、見せてくれ」

足を止めた四人に走り寄り、榊は手振りで死体を下ろすよう頼んだ。

「すまない。すぐに済む」

下ろされた死体のそばにかがみ込み、男のほうの死体をくるんだタープをもう一度めくった。が、よくわからなかった。榊はナイフで紐を切り、巻かれていたタープを開いた。もう一つのほうの男の死体も確認し、榊は立ち上がった。

「他にテロリストがいた可能性は？」

「テロリストは五人。狙撃班からの報告とも一致する」

あのとき、雑木林に飛び込んでいったテロリストの数を榊は確認できなかったが、他の誰かが確認したのだろう。けれどもちろん、それはあの地点から雑木林に入っていったテロリストの数が五人ということであり、それ以外にもテロリストがいた可能性を排除はしない。もっと遠くの地点で雑木林に入っていれば、その姿を視認していない可能性はある。

「長身で、首にタトゥーのある男がいたはずなんだ。俺は見た。投降した男にも、この二つの死体にもタトゥーはない」

言いながら榊は考えた。数が合わないのではなく、身代わりを立てられた可能性もある。顔を潰された二つの死体が、前もって用意された身代わりだとするなら……。

何かが引っかかった。それが何なのか、うまく頭が回らない。マスクを外し、深く息を吸って、ゆっくり吐き出した。先ほどの男が頭に浮かんだ。怪我をした仲間に肩を貸していた男。首に包帯を巻いていたのが、傷を保護するためではなく、タトゥーを隠すためだとしたら……。

榊は顔を上げた。投降したテロリストもすでに格納庫に入っている。外に出ているのは、死体を運んできた四人と榊だけだ。

「死体はいい。きてくれ」

マスクを投げ捨てると、榊は駆け出した。戸惑いながらも、四人が後ろからついてくる。

今、格納庫の一階部分には、屋上にいた狙撃班と、外から引き揚げてきた哨戒班がいる。合わせて三十人弱か。数は十分だが哨戒班には怪我人も多いし、何より、皆、すでに武装を解いている。

格納庫にたどり着いた。中を覗いてみたが、特におかしな様子はない。ほぼ中央の辺りに、テロリストがパイプ椅子に座らされていた。下から副大臣と警護班が上がってくるのを待っているのか。

「問題はなさそうだな。死体を取ってくるよ」

入り口からその様子を確認して、四人のうちの一人が言った。榊は頷くしかなかった。

「なあ。あとにしないか。今から尋問が始まるらしい」

格納庫の中から声をかけてきたのは、嶋田だった。

「尋問？」

見やると、中央に座らされたテロリストの前に、パイプ椅子がもう一つ運ばれてきたところだった。

「日本語、通じるのか？」と榊は聞いた。

「そういう問題でもねえさ」

テロリストの前に座ったのは、哨戒班の班長を務めていた隊員だった。

「貴様、名前は？」

質問が通じているのか、いないのか。テロリストは、へらへらと笑った。班長の拳《こぶし》が飛んだ。テロリストは椅子から吹き飛ばされ、床に転がる。後ろ手に手錠をかけられているため、顔を庇うこともできない。

「なるほど。そういう問題じゃないんだな」と榊は呟いた。

副大臣にしろ誰にしろ、本当に尋問を執り行う相手がやってくるまでの、これは余興だ。床に転がったテロリストは、すぐに他の隊員たちの手によって椅子に戻された。

「目的は、副大臣の暗殺か？」

答えないテロリストにまた拳が飛ぶ。いつしか、ほとんどの隊員たちが二つの椅子を取り囲んでいた。嶋田もとっくにその輪の中にいた。榊と一緒にいた四人も、マスクを外し、その輪に加わろうとしていた。自分もそこへ向かいかけ、榊は足を止めた。首に包帯を巻いていたあの隊員がどこへ行ったのか、気になったのだ。

輪になっている隊員たちを一人一人、目で確認していく。マスクをしている隊員はもういない。

いや、いた。

二つの椅子を取り巻く隊員たちの輪の中に、マスクをしている男がいる。その首には包帯があった。

なぜマスクを取らない？ まだ危険だと思っている？ だったら、なぜ他の隊員にはマスクを勧めない？ それになぜまだ自動小銃を提げている？ しかも、二つも。どこへ行く？ 背後からテロリストに近づいて、いったい何を……。

近づくその男に周囲の隊員たちも気がついた。彼が自動小銃を頭の上に持ち上げた。それをテロリストに振り下ろそうとしている。誰もがそう思った。止めるべきか、やらせてやるか。皆が迷うような、空白の一瞬が訪れた。と、彼は背後から、テロリストの膝に向かって、持ち上げた自動小銃を放り投げた。そしてテロリストは、しっかりとそれを受け取った。

目にしていながら、何が起こったのかわからなかった。後ろ手に手錠をかけられ、椅子に座らされたテロリストが、背後から放り投げられた自動小銃を体の前で受け取ったのだ。テロリストが立ち上がる。その背に、さっきの男が自分の背中を合わせる。すでに自動小銃は腰に構えられていた。何が起こったかはわからなくとも、何が起きようとしているのかは明白だった。

「伏せろ」

榊の叫び声は、自動小銃の銃声にかき消された。

身を滑らせるようにして、榊は体を伏せた。連続する銃声が鼓膜を叩いた。銃声はさらにコンクリートの建物内に木霊《こだま》する。二人のテロリストは背中を合わせ、ゆっくりと周回しながら、腰に構えた自動小銃を水平か、やや下に向けて連射している。取り囲んでいた隊員たちに逃げ場はなかった。腰やら足やらを撃たれて床に倒れ、倒れたところにさらに銃弾が撃ち込まれる。榊の目の前にも着弾して、コンクリートの小さな欠片を弾きながら、どこかへ跳ねていった。全弾が撃ち尽くされたようだ。二人のテロリストが自動小銃を投げ捨てた。三十人弱はいたはずの隊員たちの中に、すでに起き上がれている者はいなかった。呻き声はいくつか聞こえたが、果たして動ける者が何人いるのか。仮にいたとしても、戦意を残している者は皆無だろう。皆から離れたところで、一人、床に伏せたまま、榊は抵抗の無駄を知った。

一人一人、生死を確認するかと思ったのだが、二人のテロリストはそうしなかった。立ち上がる者がないと知ると、マスクを取って、どこかへと歩いて行く。榊は身を伏せたまま顔だけを上げて、その様子を見守った。

部屋の隅にもう一人、隊員が倒れていた。それも仲間だったようだ。彼がマスクを外し、榊はマスクの意味を悟った。どんなに服装で誤魔化しても、あれを隊員とは思わないだろう。まだ子供だった。

「終わりましたよ」

包帯の男が言い、倒れている男の子を抱き上げた。綺麗な日本語だった。

「ほれ」

投降したほうのテロリストが、落ちていた別の自動小銃を手にして、腰を下ろした。その背に男の子が負ぶさる。怪我をしている様子はないが、歩けないようだ。背負った男が立ち上がった。何気ない動作に、榊は声を上げそうになった。男の手錠がいつしか外れていた。それはいいとしても、背後の男の子に両手を添えて、男は体の前で両手で自動小銃を持っていた。

「行こうか」

背中の男の子が言った。よく通る、少し高めの声に、榊はどこか悲しげな響きを聞いた。三人が歩き出した。向かっているのは、東南の隅の巨大な穴。やはり地下の副大臣を狙っているのだろう。南側のドアの奥に物資を上げ下ろしするための大きなエレベーターもあるのだが、閉じ込められることを嫌ったのか。

「ああ、いや」と包帯の男が言って、二人の前に回り込み、動きを制するように手を上げた。「どうやら迎えがきたようです」

穴には仮設の階段がついている。簡易な鉄製の階段だ。今、その階段を上がってくる足音が、榊の耳にも届いていた。

銃声に、警護班の一人が様子を見に上がってきた。それが一番考えられることだったが、足音を忍ばせもしないその不用心さは、兵士らしくなかった。やがて、穴から男が一人、姿を現した。見覚えのない顔だった。見忘れているのかもしれないが、それにしても警護班の一人ではないだろう。年が若すぎる。

「ワタル？」と包帯の男が怪訝そうな声を上げた。「ワタルくんですね？」

「俺を知ってるのか？　前に会ったことが？」

「いやいや、初対面ですよ」

包帯の男が眉をひそめ、男の子を負ぶったほうが声を上げた。

「お前、逃げてきたのか？　渡瀬はまだ下に？」

「逃げる？　何で俺が逃げんの？　俺はお前らをやっつけにきたの」

それは意外な返答だったようだ。テロリストたちが顔を見合わせた。

「何かわかんねえけど、邪魔するみたいだから」と男の子を負ぶったほうが言った。

「やっちゃってくれ」

「スバルに怒られそうだな」

「あとで俺も一緒に謝ってやんよ」

「そうするしかないか。いいですね？」

負ぶわれた男の子が頷いた。

次の光景に榊は目を見張った。包帯の男の手から何かが伸びていた。爪。そう気づいた。それを見たはずだが、ワタルと呼ばれた少年に動揺はなかった。そもそも彼は、もう一人の男の四本の腕にも関心を示していない。

「父さんから聞いてはいたけど、どういうんだ、それ？」

呆れたような声に侮蔑が混じっていた。

「父さん？」

包帯の男が問いかけたが、ワタルは答えず、不意に重心を落として、突進した。襲ってきた右手の爪をかいくぐり、男のみぞおちに肩をぶつける。榊の想像より、はるかに強い衝撃だったようだ。数メートルも吹き飛ばされて、男が床を滑った。相応のダメージがあったはずだが、床に手をついて、ゆっくりと立ち上がった彼の頬には、満足げな笑みがあった。榊にはそのわけがわかった。みぞおちに肩をぶつけられる瞬間、男の左の爪が死角から襲いかかり、ワタルの太ももに切りつけていた。すべて計算通りだったのだろう。

が、男の笑みはすぐに消えた。太ももを深く切られたはずのワタルが、動じる風もなく、再び突進してきたからだ。頭から突進してくるワタルに向かって、今度は真上から右の爪を振り下ろした。ワタルは頭の上に左腕をかざして、受け止めた。そのまま、男にまた強烈なタックルを浴びせる。再び吹き飛ばされた男が、もんどり打つように床を転がった。

「ヒデ」

助けに入るつもりだろう。投降した男が、少し離れたところへ行って、負ぶった男の子を下ろそうとしていた。ヒデと呼ばれた男がどうにか立ち上がった。ワタルはすでに駆けていた。体を低くしてそれに備え、ヒデが左にステップしながら、右の腕をアッパーカットのように下から振り上げた。ワタルの足が止まった。ヒデの右の爪が深々とワタルの腹に食い込んでいた。

「能力としては、ソウ、引く、リュウジですね。圧倒的な筋力。それがあなたの能力だ。けれど、それだけでもない。あなた、痛くないんでしょう？」

「痛くないって、どういうことだ？」

「そのままさ。痛くないんだよ。痛覚がない。そうでしょう？」

ワタルが顔を上げた。そこに何を見たのか。ヒデが体を引こうとしたのが榊にもわかった。が、ワタルが許さなかった。自分の腹に深々と刺さった爪をそのままに、ヒデの右腕を左手でしっかり握っている。右手の拳が、ヒデを襲った。ヒデの顔の表皮が瞬時に変わった。鱗《うろこ》のようなものが一面に浮き出している。それが何を意味するのか、榊にはわからなかった。ワタルは構わずに、ヒデの顔面を殴りつけた。さらにもう一発。殴りつけながら、ワタルは前進していた。左手でヒデの右腕を握り、爪を自らの体にさらに深く刺すようにしながら、ヒデとの距離を詰めていく。ヒデの爪が貫通し、ワタルの背中側から突き出していた。何度も殴りつけながら距離を詰め、やがてワタルはヒデの顔面をわしづかみにした。

「本当に、どういうんだ、お前？　普通の人間なら、ゲンコツ一発で頭蓋骨にヒビが入っているはずだぞ」

もう一人のテロリストが銃を構えるが、ヒデの体を盾にされ、狙うことができない。苦しげに身をよじらせていたヒデが、自分の顔に向けて左腕を払った。飛んだ小さなかたまりが、ワタルの指だと気づいた。ワタルの手が顔から離れた。ヒデは体を転がすようにして、その場から逃れた。ヒデを背後にかばい、もう一人のテロリストが自動小銃を構えた。

「痛くなくても、死ぬんだろ？」

銃声が響いた。が、撃ったのはテロリストではなかった。榊はそちらへ目を向けた。格納庫の入り口で、知らない男がオートマチックの拳銃を構えていた。撃たれたテロリストは、手にしていた自動小銃を取り落とし、顔をしかめながら自分の腕を押さえていた。

「ヒデ、それとそっちも。二人とも、ワタルから離れろ。次は殺すよ」

いつでも電気系統を止められるように、沙耶と良介に遠隔操作のできる爆弾を持たせて、格納庫の配電盤に向かわせた。大曾根に見せてもらった図面によれば、建物の裏側にあるはずだった。将来的には電気系統も地下部分でコントロールできるようにする計画らしいが、今現在、格納庫の電気系統はその配電盤で制御されている。二人を見送り、一足先に中を覗いてみると、目に飛び込んできたのは、意外なシーンだった。何十人もの自衛隊員が死んでいる。まだうめき声を上げている者もいるが、助かる見込みのある者はそう多くはないだろう。血と硝煙の匂いに満ちた格納庫の中で、テルが亘に向かって銃を構えていた。あと一秒、遅れていれば、テルは間違いなく引き金を引き終えていただろう。学はコンクリートの床の上に座っていて、ヒデは倒れ、肩で息をしている。

「言っとくけど、先に手を出したのは、俺たちじゃないぞ」

撃ったことを咎めるように、テルが言った。

「それに、そっちってのは何だよ。俺は、テル。ぴかぴかのテルだ。覚えておけ」

輝、ということか。

「亘、大丈夫だ。こっちにこい。ゆっくりでいい」

僕は亘に言ってから、その場にいる三人のアゲハに言った。

「亘の身柄さえあれば、僕らはそれでいい。これで消える。あとは好きにしろ。だから、今だけ動くな。そこでじっとしてろ」

「こっちだって、それで構いませんがね。大丈夫ですか？　彼、おかしいですよ」とヒデが言った。

「おかしい？」

「いきなり僕らに襲いかかってきました。まるで、渡瀬の命令を受けたみたいに」

「渡瀬に脅されてたんだろう？」と僕は亘に言った。「アゲハを殺さなければ、俺たちを殺すとか、そうじゃないのか？」

「そうは見えませんでしたよ。彼、確かにあなたの弟ですか？」

見間違えるはずもなかった。間違いなく亘だ。亘も僕にゆっくりと頷いて見せた。

「兄さんだよね？　昴兄さん」

抵抗の意思はないと示すように、広げた両手を上げて亘が近づいてくる。

「気をつけてください」とヒデが言う。

「亘の右手の指を切り落としたのはお前か？」

「正当防衛ですよ」

「どうだかな」

「少しは話を聞いてください。僕らは、必ずしもあなたたちの敵じゃない。あなたの弟は、危険です」

亘が近づいてくる。両手を広げて。

『僕と昴兄ちゃんって、手の形が似てるよね』

幼いころの亘の言葉だ。その亘の右手から、人差し指と中指の先がなくなっている。腹についている血も、返り血ではなく、どうやら自分の血のようだ。相変わらず、痛みを感じないのか。亘の顔に苦痛の色はない。それがかえって痛ましかった。その肩を抱き寄せ、もう大丈夫だと頭を撫でてやりたかった。亘の右手のひらには一文字の傷があった。真新しくはないが、さほど古くもない。あの傷は、何だ？

それを疑問に思ったのは、あまりにもぴったりくる答えに思い当たっていたからだろう。

『何が望みだ？』

雨戸を叩く風の音。初めて会ったあの夜、僕にぴたりと向けられた切っ先。

目の前まできた亘の体が、わずかに右に傾いだ。認識とほぼ同時だった。僕は右斜め前に向かって体を転がしていた。一回転して立ち上がる。左の拳を薙ぐように振るった亘が、一瞬、僕の行方を見失ってから、振り返った。すでに銃口は亘の眉間にポイントしている。

「動くな」

亘が動きを止めた。

「昴兄さん」

哀れっぽい声を上げてから、亘がにやりと笑った。見たことのない表情だった。

「何で僕を疑うのさ」

「大曾根を殺したの、お前か」

「よくわかったね。どうして?」

「根っからの政治家だからね。自分の手柄は目立つところに残しておくんだ」

「どういう話?」

「どうでもいい話さ。それより、お前の話を聞かせてくれ。何をしている?」

「当たり前のことをしているだけだ。父さんを殺しにきた化け物どもを俺がやっつけるの」

「父さん?」

僕は啞然とした。

「それは、渡瀬のことか?」

はっという笑い声が聞こえた。

「きっちり洗脳されてるな」と輝が言った。「ご愁傷様。どいてろ。ここで殺すぞ」

輝が動いた。取り落とした自動小銃を拾い上げる前に、僕はその指先に向けて引き金を引いた。甲高い反響を残して、コンクリートに弾丸が跳ね返る。輝がぎょっとして腕を引いた。

「次は殺すって、聞いてなかったのか？」

「てめえ、昴。何考えてる」

「兄弟喧嘩《げんか》だ。君らには関係ない。行けよ。君らのターゲットは下だろ？」

輝がヒデを見て、ヒデが頷いた。

「ま、それならそれで」

輝が学を背負い、三人は隅の穴のほうへ歩き出した。それを止めようと、亘が動こうとした。

「よせ」

僕は叫んで、銃口を戻した。亘がちらりと僕を見て、口の中で小さく舌を鳴らした。気に入らないことが起こったときの、昔からの亘のくせだ。時が飛んだ気がした。まだ幼いころの亘の面影が、目の前の亘と重なった。僕の一瞬の動揺を亘は見逃さなかった。ぐんと姿勢を低くすると、三人に向かって突進する。背中の学ごと輝を突き飛ばし、そのままの勢いを乗せて、左足をヒデに向けて繰り出した。硬化して身をよじり、ミートポイントをずらすのがヒデの精一杯だった。三人が床に転がる。一番早く立ち上がろうとしていた輝の前に、亘が立ちはだかった。膝立ちになった輝の胸に、亘の右足が飛ぶ。四本の腕でブロックしたが、輝の体は宙に浮かされていた。亘が体をひねりながら飛び上がり、落下していく輝の体の上から縦回転した膝を落とす。そのまま床に叩きつけられた輝の体からは、何本かの骨が折れる鈍い音がした。苦悶《くもん》する輝を残し、亘だけが立ち上がる。

「亘」

僕は銃を構えた。亘が僕を睨んだ。きっと口を結び、真っ直《まっす》ぐに僕を見据えている。かつて、何度となく見た視線だった。

玩具やお菓子を隆二と取り合って負けたとき、学校で親がいないことをからかわれたとき、どんなときでも、亘は決して泣かなかった。ただ真っ直ぐに相手を見据えることで、抗議の意思を表した。すぐに行動に出る隆二と違い、亘が暴力を振るったのはただ一度。同じ小学校に上がった良介がいじめられていると知ったときだけだ。

「よせよ、亘。渡瀬はお前の父親じゃない」

「嘘だ。あんたが俺の兄貴じゃない。そうなんだろ？　兄弟だって騙して、父さんを殺す手伝いをさせようとした。それに気づいて、父さんを守ろうとした俺を、あんたは……」

「違う」と僕は言った。「違うよ、亘。そんなのは嘘だ。全然違う」

その視線に向けて銃を構えていることが苦しくなり、僕は銃を下ろした。

「昴」

ヒデの叫び声が耳に入った。顔を上げたとき、すでに亘が目の前にきていた。腰の高さに飛んできた蹴りを、両腕でブロックした。痛みを感じる前に、体がふわりと浮き、水平に飛ばされる。ごろごろとコンクリートの床に転がされた。頬が擦れるのがわかった。硬化したヒデが亘に駆け寄った。立ち上がる暇はなかった。僕は伏せた姿勢のまま、腕を伸ばし、引き金を引いた。腹に当たった弾丸の衝撃に、ヒデが足を止める。

「兄弟喧嘩だ。手を出すな」

「だったら、ちゃんと止めておいてください。これ以上、邪魔するようなら、兄弟まとめて殺しますよ。こちらはそれでも構わない」

「かっこいいねえ、あんた」

嘲《あざけ》るように言った亘が、ヒデに襲いかかろうとしたときだ。その背後から誰かが抱きついた。亘は振り払い、相手の首をつかんだ。腕一本で体を持ち上げる。

「亘兄ちゃん」

良介が苦しげに喘いだ。床から離れた足をバタバタさせている。咄嗟に入り口を見ると、沙耶が立っていた。仕掛けを終えて、今、きたところのようだ。

「やめて、亘。何？　何なの？」

亘が沙耶を見て、しばらく考えるように動きを止め、次に持ち上げた良介を眺め、それから僕を振り返った。ふとその頬が緩んだ。そこで何しているの？　あどけなく、そう問いかけるような顔だった。昴兄ちゃん。亘の口がそう動きかけた。良介をつかんでいる左腕から、力が抜けようとしていた。

銃声が響いた。その衝撃に、亘が体を背後に泳がせる。もう一発、銃弾を受け、亘は良介の体をなるべく遠くへ離すように放り投げた。さらに続いた何発もの銃声に、亘の体が虚空を掻いて踊る。

よせ。撃つな。

言葉にならないまま、僕は床を蹴った。走り寄り、今、倒れようとしている亘に向けて手を伸ばす。僕の視線を捉え、亘が微笑んだ。僕のほうに手を伸ばす。さらに銃声が響いた。僕らの指が触れる前に、床を転がった亘の体は穴に落ちていった。僕は穴の縁に取りついた。穴の奥の闇から、どさり、という落下音が聞こえてきた。それきり、下からは何も聞こえてこない。僕は顔を背け、唇を噛んだ。

「輝」

絞り出した声が震えた。立ち上がり、自動小銃を抱えて座る輝に銃を向けた。僕らの間に、ヒデが立ち塞がる。

「どけ」

僕は引き金を引いた。胸に二発、腹に一発。

「感謝されこそすれ、恨まれるいわれはないはずです」

撃たれた場所を手で払いながら、ヒデが言った。

「亘は思い出していた。確かに、亘は、今、思い出していた」

「僕の目に確かに見えたのは、あのまま放っておけば、良介くんが殺されていたということです」

僕は銃を下ろし、振り返った。良介は床に崩れ込み、亘が落ちた穴のほうを茫然と見ていた。沙耶も言葉もなく凍りついている。力が抜けて、僕はその場に膝をついた。

「ヒデ」

学が言った。僕はそちらに目をやった。座る学の膝に、輝が抱きかかえられている。輝の腕にすでに自動小銃はなく、その胸はべっとりと血に濡れていた。ヒデが二人に近づいていった。

「悪い。みっともね」

「今更かよ」としゃがんでヒデが笑った。「いいよ。お前はいつもかっこ悪かったから」

「ひでえな、それ」

笑った輝が咳き込み、血を吐いた。

「ヒデ。学を頼むぞ」

「わかってる」

「うん」

深く吸い込んだ息を、ふうと長く吐き出して輝は目を閉じた。頬に浮かんだ笑みは、長い持久走を走り終えた子供のように少し得意げだった。呼吸を整えたら、すぐに元気に歩き出しそうにも見えた。けれど、その体が動くことは、二度となかった。

「亘にやられたから？」と僕は聞いた。

「亘はただのきっかけですよ。もともと、長くはもたなかった」

首に巻いていた包帯をほどき、それで輝の口の周りの血を拭ってやりながら、ヒデは答えた。ひどく穏やかな声だった。

「寿命、か」

呟いた僕に、ヒデが問い返すような視線を向けてきた。

「静に聞いたよ」

「ああ」

拭い終えると、ヒデは学を背負って立ち上がった。モモも似合っていなかったが、学にも戦闘服は似合っていなかった。今、亘にやられたところだろう。顔に小さな傷やあざはあったが、大きな怪我はしていないようだ。

「僕らは行くけど、一緒に行く？」

近所の公園にでも誘うように、学が聞いた。僕は沙耶と良介を振り返った。

「行こう」と沙耶が言った。「亘、連れて帰るんでしょう？」

良介も頷いていた。

「ああ、そうだね」と僕は言った。「そうだった。連れて帰ろう」

僕は立ち上がって、横たわる一人の兵士に近づいた。死んだふりをしているつもりのようだが、呼吸で胸が上下していることには、さっきから気づいていた。

「下に兵隊はどれくらいいる?」

しばらく躊躇してから、男は顔を上げた。その胸元からペンダントがこぼれた。ロケットらしい。戦闘で蓋《ふた》が取れてしまったのか。一歳くらいの赤ん坊の写真が見えた。銃口を突きつける気も失せた。

「かわいいね。男の子? 女の子?」

「女の子だ」

嚙みしめるように男が言った。

「名前は?」

男は首を振って答えなかった。教える気はないという意味か。僕は質問を戻した。

「教えてくれ。下に何人いる?」

「副大臣の周りは、警護班十五人が固めている。どれもが一人で一分隊と戦えるくらいの、精鋭中の精鋭だ」

「ありがとう。ここを出て、早く家に帰ったほうがいい。守りたい人がいるなら、その人から決して離れるな」

一瞬、意外そうな顔をしたあと、男は立ち上がった。

「気をつけろ。隊員たちは」と言った男は、しばらく考え、首を振った。「もう人間じゃない。意思のないロボットだと思え」

「わかった」

男は格納庫の中を一度見渡してから、よろよろと歩き去っていった。

7

学を背負ったヒデを先頭に、穴の下へと下りる鉄の階段に足をかけた。地下一階、地下二階、ともに人の気配はなかった。それを確認して、僕らは地下三階へと下りていった。上の二つのフロアと違い、広大な空間だった。天井までは優に三〇メートルはある。幅が五メートル以上はありそうな巨大な柱が立ち並んでいた。その様は、じめじめした空気とも相まって、禍々しい神を祀《まつ》る地下神殿のように思えた。天井にいくつか明かりがついてはいるのだが、柱に遮られることもあって、ほとんど見通しはきかない。

「変な柱ね」と沙耶が囁いた。

「ある程度以上の深さになると、周りの地下水の浮力を受けて、建物が浮かんでしまう。あの柱は、それを防ぐための、重し代わりの役目もしている」

柱一つにつき、数百トンはあるはずだ。特に珍しいものではない。地下に巨大な空間を作ろうとするときにはよく見られる構造だ。貯水施設などでも似たようなものはある。

地上の気配が遠のくにつれて、グゥンという低い唸《うな》りが耳につくようになった。地上からの空気を入れるため、空調設備が稼働している音だ。すでに地表から二〇メートルほど下っている。大曾根から聞いた話によれば、この辺りの地下には硫化水素や亜硫酸ガスなどの有毒ガスが充満しているという。空調なしでは人間は入れない。

地下三階のフロアにたどり着いた。亘が落ちたところに血痕は残っているが、亘の体は残っていなかった。どこかに運び去られたのか。

奥のほうを探ってみたが、ほとんど視界はきかなかった。

「碧がいればよかったな」

ヒデの背中で学が呟いた。

「下がって」

沙耶が囁いて、前に出た。耳を澄ます子供のように両耳に手を添えて、目を閉じる。

「二人ひと組が、五組。柱の陰伝いに、移動している。こちらに近づいているというより、フォーメーションを変えながら、近づいてくるのを迎え撃とうとしている感じだと思う。残りのかたまりがたぶん、渡瀬と護衛。対角線の一番奥。動きがほとんどないから、人数まではわからない。ごめん。私の耳ではこれが限界」

耳から手を離し、沙耶が目を開けた。

「十分ですよ」

ヒデが小声で返し、学を下ろす。

「すぐに戻ります」

「付き合うよ」と僕は言った。

「また僕を撃つの、やめてくださいね」

「どうせ死なないだろ？」

「結構、痛いんですよ」

「悪かったよ。気をつける」

　銃よりもそのほうがいいと判断したようだ。ヒデが硬化し、両手の爪を伸ばした。銃を両手で持ち、僕は頷く。ヒデが頷き返し、僕らは同時に飛び出した。一番、手近な柱に身を預け、それぞれに奥の様子を探る。薄い闇の中に人の気配は感じられなかった。ただ空調を回す低い唸りだけが耳につく。

　ヒデが合図して、隣の柱へ駆け出した。撃ってきたら援護するつもりだったが銃声はない。気配を探ってから、僕は前の柱へと走った。人影はない。微かに足音を捉えた気がしたが、何人がどこへ向かったものかまではわからない。ヒデが僕の隣に駆けてきた。背中を合わせ、周囲の様子に耳をそばだてる。やはり忍ばせた足音がいくつか、移動している。

「嫌な感じですね」とヒデが囁いた。「夏の夜にキッチンで見失ったゴキブリを捜している気分です」

「そんな経験、あるのか？　アゲハのくせに」

「それについては、前に謝ったはずですよ。意外に普通なんです」

ヒデが駆け出した。一つ右の列の、一つ前の柱に身を寄せる。僕もすぐあとに続いた。相変わらず気配はあるが、撃ってこない。

「一気に行きましょうか」とヒデが囁いた。「渡瀬の前に行けば、嫌でも全員、出てくるでしょう」

気配に振り返った。今し方、飛び出してきた柱の陰から、銃口が見えた。ヒデに促されて、柱から顔を出してみると、前の柱からも銃口がこちらに向けられていた。

「囲まれたのか」

「見事ですね。さすが精鋭部隊です」とヒデは笑った。「行きましょう。もたもたして、学を人質に取られたらたまらない。そっちだって事情は同じでしょう？」

その通りだった。背後を取られている以上、良介や沙耶がいる場所に敵はいつでも手を伸ばせるのだ。

「渡瀬のもとまで一気に走ります。ついてこられるようなら、頑張ってみてください」

僕が呼吸を整える間もなく、ヒデが飛び出した。前方から銃声が聞こえた。聞き慣れない音だった。銃声というよりそれは、爆発音に聞こえた。硬化したまま、ヒデの体が吹き飛ばされていた。僕の視界を左から右へと飛んでいく。柱に背中をぶつけ、がくんと膝をついた。それでも倒れなかったのはさすがだった。だが、強く息を吐き出して立ち上がろうとしたヒデは、完全に立ち上がる前にまた吹き飛ばされた。今度の銃声は左から聞こえた。右の肩に当たったようだ。服の生地が吹き飛び、回転するようにヒデの体が倒れた。

ヒデの体は弾丸を通さない。だから、貫通力より衝撃力の強い弾丸と銃とを用意したということだろう。けれど、衝撃力を増やすには、銃そのものも大きなものが必要になる。当然、重量も増えるだろう。先ほどから、兵士たちがそれを運びながら、こんなにも滑らかにフォーメーションを組み替えているのなら、驚くべき技量だった。

ヒデが立ち上がろうとしていた。僕は銃を両手で持って、柱の陰から出た。認識が同時ならば、僕のほうが先に相手を撃ち抜ける。その自信があった。が、柱から出た途端、僕の体は動かなくなった。立ち上がったヒデが今度は後ろから撃たれた。突き飛ばされたように、僕の目の前を滑っていく。それでも僕はまったく体を動かせなかった。

がっとヒデが喉を鳴らした。完全には防げていないのか。撃たれて服に穴が開いた場所から、血が滲み出ている。

「どうしたんです？」

手をつき、体を起こしながら、ヒデが僕を見た。

どうもしていない。どうもしていないのに、体が動かない。銃身の長い銃を構えた兵士たちが姿を見せていた。僕らを取り囲み、徐々にその輪を狭めていく。

「昴」

四つん這いになったヒデが叫んだ。それでも僕は返事を返せなかった。言葉を発せられない。もっと酸素が欲しいのに、呼吸すらどんどん浅くなっていく。兵士たちの足が止まった。

「うん。それは正しい」

どこからかコツコツという革靴の足音が近づいてきた。

「お前の体は、お前よりはるかに利口だよ」

僕の真正面に、久しぶりに見る渡瀬の顔が、高い天井からの明かりにぼんやりと浮かび上がっていた。

「昴に何をした?」

四つん這いの姿勢から立ち上がろうとしたヒデは、左から腰の辺りを撃たれて転がった。兵士たちは僕らを円形に取り囲んでいる。外れれば、仲間に当たる可能性もある。それなのに、兵士たちは表情一つ変えずに、それをやってのけていた。

「何もしてないよ」と渡瀬がヒデに言った。「彼の体はただ理解しただけだ。自分が銃で武装した相手に完全に囲まれていること。相手の射撃の腕は優れたものであること。今の自分には避ける場所がどこにもないこと。どこにも避けようがないから、体はもっとも安全な挙動を求めた。つまり、動くな、ということだ。そうだろう？」

その通りだった。頭でいくら動こうと考えても、体はまったく動かなかった。体が、脳からの命令を拒絶している。

「指一本動かせば撃たれる。だから動くな。もちろん、喋るな。何なら呼吸すら止めろ。情報処理と予測能力に優れた彼の体は、そう判断したんだ。よい将棋指しほど、詰んでることに早く気づくものさ」

渡瀬は兵士たちより前に出ようとはしなかった。一定の距離を保ったまま、話しかけている。渡瀬がその輪から、一歩でも中に入ってくれれば、渡瀬の体を盾にして弾丸を避ける死角が生まれる。渡瀬もそれがわかっているのだろう。

ヒデはダメージがひどいようだ。仰向けに転がったまま、大きく胸を上下させていた。

「階段の下に仲間がいるはずだ。連れてこい」

輪の中の誰かが抜ける。フォーメーションが変わる。その一瞬に、隙が生まれないか。そう期待したのだが無駄だった。包囲網に変化はなく、渡瀬の背後に控えていた五人が、そちらへ向けて歩き出した。

よせ。やめてくれ。

沙耶、良介、逃げろ。

どちらの思いも言葉にならない。ヒデの強い視線を感じた。視線だけをそちらに向ける。ヒデは一番手近にいる兵士に目を向け、すぐに僕に視線を戻した。その兵士を殺す。穴を開ける。だから脱出しろ。その合図だろう。けれど、それでは穴は開かない。十人で取り囲んだ兵士たちは、もとより自分たちの命など考慮に入れていない。包囲網が破られる前に、一斉に射撃を始めるだろう。流れ弾が味方に当たることを気にもせずに。自分が死ぬことさえ気にもせずに。彼らの体に不要な力みはなく、いつでもそう動けるように準備ができているのが、僕にはわかった。

意思のないロボットだと思え。

先ほど、兵士の一人が言っていた言葉を思い出した。薬物の投与か。高度な洗脳か。彼らは意思も保身も放棄していた。

ヒデが動こうとした。

やめろ。違うチャンスを待て。

それも言葉にならない。

ヒデが足に力を込めたときだった。はるか頭上に爆発音が聞こえ、ふっと照明が消えた。辺りは完全な闇に閉ざされた。

沙耶が、仕掛けた爆弾を爆発させたのか。そう悟るのと同時に、体が動いた。撃つよりも逃がすほうが先だった。ヒデがいたところに走り寄り、腕を取った。そのまま肩に担ぐようにして、包囲網の穴を探る。背後に打撃音とうめき声が上がった。正面では人が倒れる気配がする。見えはしないが、包囲網はもう完全に崩れていた。真横に誰かがきた。顔は見えなくても、こんな出現の仕方ができるのは、一人しかいなかった。

「隆二？」

「お待たせ。しばらく伏せてて。今は独壇場」

「碧か」とヒデが笑った。

「そういうこと。暗視ゴーグルを持ってこないのが悪い」と隆二も笑った。

「向こうへ行った五人は？」と僕は聞いた。

「とっくだよ」と隆二が答えた。

ひゅんひゅんと風を切るような音のあと、次々と人が倒れる気配がする。うめき声が上がり、血の匂いが濃くなる。

ふっと光が戻った。さっきとは違う明かりが、さっきよりはるかに弱々しく辺りを照らしている。非常灯のようだ。

見回すと渡瀬の姿はなく、すでに半分ほどの兵士が血を流して倒れていた。隣から隆二の姿が消えた。細長い剣のようなものを振るっている碧の側に移動し、銀色の球体を両手に、近くの兵士に襲いかかっている。隆二に銃を向けようとした兵士に、僕は引き金を引いた。正確にこめかみを撃ち抜く。反省も、念仏も後回し。死後に罰が待つならば甘んじて受けよう。目の端で別の兵士の動きを捉え、そちらに銃を振り向ける。その眉間を撃ち抜いたとき、背後で絶叫が上がった。僕を撃とうとしていた兵士が、ヒデに喉を掻き切られていた。

光がなくなってから二十秒あったかどうか。光が戻ってからは十秒もなかっただろう。兵士たちは全滅していた。

「ヒデ。ひどいよ」

細長い剣を袖の中にしまい、碧が言った。悲しみに満ちた、静かな声だった。

「ごめん」とヒデが素直に頭を垂れた。

「モモと静と輝。上で見た」

「うん。ごめん」

碧がヒデにゆっくりと歩み寄った。

「私も、壮を助けられなかった」

「そうか」

立ち尽くすヒデに、碧が両腕を回して、ぎゅっと抱き締めた。

「沙耶と良介は？」と僕は隆二に聞いた。

「学と一緒に、あっちの隅にいる。配電盤に爆弾を仕掛けたって聞いたから、爆破してもらった。あとは階段から離れた、あっちの隅で動かずにじっとしてろって言ったから、大丈夫だと思う。あの爆弾、何だったの？」

「ああ、まあ、いいんだ。亘の話は？」

「うん。聞いた」

「そっか」

ヒデと碧が近づいてきた。

「渡瀬を捜しましょう。逃がすわけにはいかない」

「ああ、そうだね」

「待ってて」

碧が目を閉じて、口を丸く開いた。すぐに目を開けて、声を上げる。

「まずいよ。学のところに」

階段に向かったのなら、かち合わないはずだった。が、渡瀬にもう逃げる気はなかったのだろう。瞬時に、隆二が姿を消していた。僕とヒデも碧の示す方向へ走り出す。

壁を背にして、渡瀬は学を抱きかかえていた。沙耶と隆二と良介が、その前で立ち尽くしている。渡瀬が右手に握る拳銃のせいだ。僕らもその横に並んだ。渡瀬はじりじりと階段に向けて移動している。

「あなたの負けですよ」とヒデが言った。

渡瀬は鼻で笑った。

「勝ちも負けもない。私の目の前にはやるべき仕事があるだけだし、私はそれをやり遂げるよ」

渡瀬はヒデに言い、僕に視線を移した。

「爆弾は、お前だな？」

僕が頷くと、呆れたように鼻を鳴らす。

「相変わらず、目端が利く男だ。あわよくば、学をここで殺す気だった。そうだな？」

電気の供給を止めるのは、照明を落とすためではなく、地上からの空気を取り入れている空調を止めるためだ。酸素が切れる前に、地下に溜《た》まった有毒ガスが格納庫内に満ちるはずだ。学を地下深くに閉じ込めて、有毒ガスで殺す。そうすれば、ウィルスを封じ込められるかもしれない。僕はそう考えたのだ。

「亘を連れて帰る。そのついでですよ」と僕は渡瀬に言った。

「冷徹に見えて、その実、甘い。欠点はあるにせよ、お前はとても優秀な駒だった」

「礼を言うべきですか？」

会話の間にも、渡瀬は移動を続けていた。もう階段はすぐそこだ。

「そろそろ学を放してもらいましょうか」

ヒデが硬化して、身構える。隆二もいつでも飛び出せる体勢をとっていた。僕は渡瀬の指先に神経を集中させていた。構えた銃は、はったりではない。けれど、今すぐに撃つつもりもない。渡瀬の手首から指先までの筋組織は、そう言っていた。

「悪いが、そのつもりはないんだ」

学の殺害。渡瀬の目的はそれだ。だが、できることならば、ここでは殺したくないは

ずだ。もっとウィルスが拡散しやすい場所。たとえば、空港。たとえば、ターミナル駅。

学の身柄を確保した上で、最適のタイミングを待ち、最適の場所で殺害する。渡瀬はそ

れを狙っているはずだ。こんな地下では、ウィルスが拡散しない可能性もある。

「ヒデ、わかってるよね？」と渡瀬の腕の中で、学が言った。「迷うことはない」

「もちろんです」

ヒデがにっこりと微笑んだ。けれど、その体にためらいがあるのを僕は察知していた。

学の命を賭ける覚悟がある。それは嘘ではないだろう。けれど、今日、ヒデはあまり

に多くの仲間を失いすぎた。今日でさえなければ、ためらわなかったのかもしれない。

が、今、ヒデはためらっていた。

渡瀬が階段に足をかけた。

「ヒデ。やって」と学が言った。

ヒデは動かなかった。どうする、と聞くように、隆二が僕を見た。僕は首を横に振った。

「ヒデ」

学が叫び、意を決したようにヒデが顔を上げた瞬間だった。銃声がして、学の顔が強

ばった。弾丸が学の腹を貫通し、そこから血が滲み出していた。学がゆっくりと渡瀬を

振り返る。僕の隣でヒデも言葉を失っていた。

「渡瀬、何を……」

喘ぐようにヒデが言った。

「この出血で、いつまでもつだろうね。しかし、私ならすぐに治療を施すことができるよ。何せ、副大臣様だ。電話一本でヘリが飛んでくる。君らに、それができるか？」

自分を殺せば学を助ける手段がなくなる。そういう脅しでもあるのだろう。その一方で、自分が死ねば学も死ぬ。そういう保険でもある。

「さあ、そこをどけ」

すでに血の気を失った学の顔に、ヒデがたじろいだ。碧も茫然と立ち尽くしている。

渡瀬が階段に足をかけたときだった。頭上から何かが降ってきて、渡瀬に絡みついた。

「亘」

隆二が叫んだ。いつからそこで待ち構えていたのか。亘に腕を取られて、渡瀬が学を放した。倒れ込む学にヒデと碧が駆け寄る。銃声がした。倒れたまま、渡瀬が絡みつく亘に向かって、引き金を引いていた。何度も銃声が轟《とどろ》き、弾丸が亘の体に突き刺さる。

「やめろ」

僕は渡瀬に銃口を向けた。渡瀬が僕を見た。

「やれよ」

渡瀬のそんな目を見たのは初めてのことだった。すがるような目で、渡瀬は僕に懇願していた。

「撃て」

僕は引き金を引いた。

銃声の余韻が引いてから、僕はゆっくりと歩み寄った。亘の目に、もう光はなかった。隆二がその頭を抱えるようにして抱き締め、沙耶は指の欠けた手を握っていた。もう片方の手を良介が取った。自分も、温もりが残っているうちにその体に触れたいと、銃をホルスターに戻して、亘の体の横にしゃがみ込み、首筋に手を伸ばした。そのときだ。

渡瀬のしゃがれた声が聞こえた。

「なぜ頭を撃ち抜かない」

僕は傍らの渡瀬に目を向けた。

「お前にも止められないのか」

ヒューヒューと苦しそうな息を吐きながら、渡瀬は言った。

「始まりだよ、昴」

「何？」と僕は聞き返した。

「始まりだ」

僕を見返した渡瀬の手は、いつの間にか背広のポケットの中にあった。ポケットの中で、渡瀬が何かを押した。ドンという地響きが何なのか、瞬時にはわからなかった。地響きは徐々に近づいてくる。やがて遠くからこちらに向かって、柱が次々と土煙を吐いて崩れていく様が見えた。

柱の一つ一つに爆薬を仕掛けたのか。建物全体を潰すつもりだ。

「上がれ」

僕は叫んだ。瞬時に、隆二が動いていた。良介を抱きかかえるようにして、階段を上り始める。すぐに沙耶も碧を促して、それに続いた。

「結局、思い通り、か」

学を抱き上げたヒデが苦々しく言い、僕は渡瀬の意図を悟った。これは僕らを殺すためではなく、地上に追いやるための爆破だ。瀕死《ひんし》の学を地上へ運べ。渡瀬はそれを狙ったのだ。ヒデと僕の視線が絡んだ。

「先に行きますよ」

ヒデが駆け出した。渡瀬の狙い通り、ここでもめている時間はなかった。爆音はすぐそこまできていた。

「ごめんな」

亘の頬に手を当てて、僕は立ち上がった。ヒデの後ろから、全速力で階段を駆け上がる。地下二階についたとき、すぐ足下で階段が崩れ落ちた。もうもうと煙る土埃の中に、渡瀬の乾いた笑い声を聞いた気がした。

「昴兄、早く」

上を行く沙耶の悲鳴のような声が聞こえた。煙に覆われ、すでに視界はきかない。僕はその声を追うように階段を駆け上がった。地上階の穴から転がり出るようにして身を投げ出したとき、地下一階のフロアが崩れ落ちたところだった。

「兄ちゃん、出よう。ここも崩れるかもしれない」

すでに沙耶と良介を外に連れ出し終えていた隆二がやってきた。僕は隆二にもたれかかるようにして、格納庫を出た。

外では、碧が学の止血をしていた。隊員たちの装備に医療品があったようだ。傷口を洗い、手早く縫い合わせてはいるが、学の顔色は真っ青なままだ。そちらへ近づこうとした僕の前に、ヒデが立ち塞がった。

「学は連れ帰ります」

助かるのならば、それでいい。けれど、助からないのならば、学を連れ帰らせるわけにはいかない。

学の体から致死性のウィルスを出さない唯一の方法。完全な死を待たずに、その体を高温で焼却する。それは学自身が教えてくれたことだった。

僕はホルスターに手を伸ばし、銃をつかんだ。ヒデが硬化し、爪を伸ばす。

普段のヒデならばともかく、これだけのダメージを受けた今ならば、互角以上に渡り合えるだろう。現に、ヒデの体の何ヶ所かからは血が滲んでいる。

「学、動かないで」

声に目をやると、体を起こそうとする学を碧が押しとどめていた。碧が止めなくても、自力で体を起こせたかどうか。今の学は呼吸をするだけでも精一杯に見えた。その瀕死の体を焼却する。ただそれだけで、この後に失われる何十億人もの命を救える。

「ヒデ……駄目だよ」

血の気のない唇を震わせながら、学が言った。

「僕を……燃やせ。それで……終わりだ。それが、本当の終わりだ」

僕を睨みつけたままヒデが応じた。

「渡瀬は死にました。渡瀬の筋書きは、もう終わっています」

「違うよ、ヒデ……そうじゃない」

自分の焼却こそが渡瀬の目論見を潰すこと。わかっているだろう？ そこまで長い言葉を発する力が残っていないのだろう。学は無言でそう訴えた。ヒデが目を伏せて、硬化を解いた。僕は銃を下ろした。しばらく誰もが動かなかった。

「滅ぶのは僕らだけですか？」

誰に問いかけるともなく、ヒデが呟いた。はっとしたように碧がヒデを振り返った。

「駄目だよ、ヒデ」

力なく繰り返す学の声は、もうただのうわごとだった。ぐったりと横たわり上を見る学の視線は虚ろだった。ほとんど意識もないのだろう。

「憎んだのは渡瀬だけですか？」

「ヒデ……駄目だ。そこに……落ちちゃいけない」

学のうわごとはヒデには届かない。

「人類など消えてしまえばいい。そう願うことは罪ですか？　仮にそれが罪だとしても、もとより僕らは罪の中から生まれてきたんでしょう？　今更、恐れる罰などありはしない」

手の先から再びゆっくりと硬化していた。それは怒りがヒデの体を染めていく様に見えた。硬化が首を越えて顔にかかった。

「碧。どいてくれ」

完全に硬化したヒデが、碧に近づいた。すでに学に意識はない。

「よせ」

僕は銃を構えた。僕を睨みつけたまま、ヒデは碧のほうへ近づいていく。碧は学の体を背中に庇うように、近づいてくるヒデを見上げている。

僕は引き金を引いた。

ヒデの足が止まった。弾丸は狙い通りの場所に当たっていた。地下で攻撃された右肩。血の滲んだその場所に弾丸が食い込んだ。左の爪を伸ばすと、ヒデはその場所に爪を立て、弾丸をえぐり出した。

怒りか、痛みか、興奮か。鱗状に硬化したヒデの顔立ちは、いつもの様相とは違っていた。目は極限までつり上がっていた。額から血が流れている。目尻をかすめて頬に流れる血は赤い涙に見えた。血が流れ出ているのは、額から二つのこぶ状の突起が突き出し、鱗状になった皮膚が裂けているからだ。それは、憤怒《ふんぬ》が形をまとった鬼の角のようだった。

「所詮《しょせん》はそちら側の生き物か」

えぐり出した弾丸を地面に投げ捨て、ヒデが僕を見た。

「お前に学は渡さない」

ヒデの喉が鳴った。徐々に姿勢が低くなる。獲物に襲いかかろうとする四つ足の獣のように、ぎりぎりまで重心を落とし、低い位置から僕を睨みつける。二つの球体を両手に持って、僕の隣に隆二が並んだ。ごくりと隆二が唾を飲み込む音がした。

「やめて」

甲高い碧の叫びも、もうヒデの耳には届かない。

「下がってろ」

隆二に言って、僕は一歩前に出た。構えていた銃を地面に落とし、さらにもう一歩前に出る。十分に落としていた重心を、ヒデが後ろに下げた。次の瞬間、ヒデの足が地を蹴っていた。ぐん、と体を伸ばすように僕に向かって飛び込んできたヒデは、伸ばした両手の爪を振りかざした。

誰もが動かなかった。僕の首に触れたところで、ヒデの爪は止まっていた。皮膚が薄く切れて、わずかな血が首筋を伝っていくのを感じた。

「兄ちゃ……」

左手を上げて、僕は背後の隆二を制した。

「学は連れ帰ればいい」

真っ赤に充血し、つり上がった目が眼前にあった。僕はその目に向けてゆっくりと話しかけた。

「でもそれはやめろ。人の多いところに学の体を運んで、自分で学を殺すつもりだろ？それはやっちゃいけない」

誰にだって、世界と同じ重さを持ったたった一つの命というのはある。たとえば母親、たとえば息子、たとえば恋人。僕にとっての沙耶、隆二、良介。ヒデにとっての碧、そして学。その命を奪うなどという罰は、どんな罪人だって科されるいわれはない。そんな残酷な罰をとても見ていられない。亘を失ったばかりの僕には、とてもできない。

「そんなことをしたら、それこそ渡瀬が地獄で踊り出すよ。そんなに渡瀬を喜ばせたいのか？」

ヒデが体を引き、僕の首から爪を少しだけ離した。

「助かるかどうか、やれるだけのことをやってみろよ。助かったら、三人で生きられるところまで生き抜いてみればいい。助からなかったら、それはそれだ。あとをどうするかは人類が考えるさ」

「いいの？」と碧が聞いた。

僕は碧に向かって肩をすくめた。

「人のくせに救わなくていいのか？」

いつでも再び爪を振り下ろせる姿勢で、ヒデが僕を値踏みするように見ていた。

「何十億という命を、今なら救えるのに？」

救える、か。

僕は学を見た。血の気を完全に失いながらも、必死に浅く短い呼吸を繰り返していた。救われる命など、たぶん、世界のどこにもありはしない。世界にあるのはただ、しぶとく生き抜こうとする無数の命だ。

僕は後ろを振り返った。沙耶がいて、隆二がいて、良介がいた。僕はヒデに視線を戻した。

「何がおかしい？」

向き直った僕を見て、怪訝そうにヒデが聞いた。

「さあね。でも」

こみ上げてくる笑いを堪えようとしたけれど、無理だった。僕は笑いながら聞き返した。

「何かおかしくないか？」

ヒデが両手を戻して、硬化を解いた。

「あなたは」

少し首をひねったあと、ヒデは仕方なさそうに苦笑した。

「本当におかしな人ですね」

「車がくる」

声に振り返ると、沙耶が目を閉じていた。

「三、いや、四台。大型のワゴン車」

「敵？」と僕は聞いた。

「わからないわよ。でも、あれが少しでも気を回せる生き物なら」と言って、沙耶は目を開けた。「井原は、いい加減、助けにきてくれてもいいんじゃない？」

「乗っていくか？　病院ってわけにはいかないだろうけど、どこかまで送るよ」

僕の申し出に、ヒデは首を振った。

「いいえ。ここで失礼します。これからくる人が、あなたほどおかしな人だとは限らないので」

「そう」と僕は頷いた。「そうだね」

確かに、井原が知れば、瀕死の学を巡って、また戦闘が始まるだろう。

止血を終えた学の体を大事そうに抱きかかえ、ヒデは僕に背を向けた。それに寄り添うように歩き出してから、碧が何かを思い出したように、こちらに戻ってきた。

「昴。頼みがあるんだけど。これ、お願い」

僕の手に小さい紙袋を押しつけると、碧はヒデを追って駆けていった。中身を確認してみたが、特段、危険なものでもないらしい。

僕らは去っていくアゲハたちの背中を見送った。

「学、助かるかしら？」

「可能性は低いだろうね」と僕は言った。

「人類は忙しくなるね」と隆二が言った。

「僕たちも」と良介が言った。「僕たちも一緒だよ」

隆二と沙耶が頷き、そうだね、と僕も頷いた。車のエンジン音が、もうすぐそこまで迫っていた。

バーガーの載ったトレイを手に歩いてきた女の子が、聡志たちをちらりと見て通り過ぎていった。店内にいる他の客も、居心地が悪そうにちらちらとこちらを見ている。向き合った男女。泣く女。普通ならば、もっと露骨に好奇の目を向けられる状況だろう。けれど二人の服装がそれを許さない。

葬儀場で顔を合わせ、焼香したあとに何となく連れ立って帰ることになった。まっすぐ帰るのもおかしなように思えて、どちらから誘うわけでもなくこのファストフード店に入ってはみたものの、考えてみれば聡志が彼女と分かち合える話題など、何もなかった。

「気づいてた?」

目にハンカチを当てて、彼女が言った。

「何が?」

「そういう雰囲気とか、気配とか。私は別れたからあれだけど、聡志くんはよく二人でいたでしょう?」

「いや」と聡志は首を振った。「まったく気づかなかったよ」

「そうだよね」

そこに聡志を責める様子はなかった。その代わりに、どこか言い訳するような調子はあった。いつも二人でいたあなたが気づかなくても、それは仕方がないこと。ましてや、すでに別れた自分が責められるいわれなどどこにもない。そうでしょう?

別れたからあれだけど、か。

鼻を鳴らしそうになり、聡志は慌てて洟《はな》をすすって誤魔化した。

まだ電話がかかってくるんよ。

友人がたまにそう愚痴っていた。

むげに切るわけにもいかないし、話した先に出口があるわけでもないし。同じところをぐるぐるぐるぐる。ハムスター的苦行だわさ。

そう聞いたのは、つい先週のことだ。

黙り込んだ聡志を前に、彼女は一人で喋り始めた。友人のお兄さんが会社を辞めて、実家に戻ってきているらしいこと。お父さんは定年を間近に控えて、再就職先がなかなか決まらずにいること。お母さんが変に塞ぎ込むようになっていたらしいこと。取り留めのないそれらの話が、どうやら友人の自殺の理由についての彼女なりの考察らしいと、しばらくしてから気づいた。気づいてしまえば、それ以上聞いていることは苦痛だった。

「まあ、色々あるんだろうけどさ」

聡志は口を開いた。強い語調に、彼女がびくりと体を震わせて聡志を見た。

「何て言うか、言葉にできるものじゃないんだと思うよ」

自殺の直前、友人は聡志に電話をしてきた。そのことを彼女に話すつもりはなかった。

今日、葬儀の席で遺族に問い詰められるかと思ったが、それもなかった。

何か、もういいや。

電話をかけてきた友人は、いきなりそう言った。時間は、明け方の四時近かった。何のことかわからず、半分眠ったままの頭で、聡志は聞き返した。

「何だって？」

「何か、もういいや」と友人は繰り返した。

「就職、諦めるのか？」

その話かと思い、聡志は聞き返した。友人は、いやいや、と軽く笑った。

「諦めるとか、そういうんじゃなくて。何て言うのかな。もっと、真理の発見的な」

「真理の発見的な？」

「うん。コロンブスの卵的な」

「それはつまり、コペルニクス的転回的な？」

「うん、うん。そういうこと。さすが聡志くん、話がわかる。そういう的な意味での、何か、もういいや、ってこと。今日、この明け方に、俺はその結論にたどり着いた。その報告」

「そっか。お疲れ」

「うん。おやすみ」

その直後、友人は自室で首をくくった。一階で定年間近の父と不定愁訴気味の母が、隣の部屋で会社を辞めさせられた兄が、それぞれに鬱屈を抱えながら眠っている家で、友人は自分の首に輪をかけ、ひっそりと最後の息を吐き出した。

たぶん、それが……。

その話を聞いたとき、聡志はそう思った。

たぶん、それが、あいつの寿命だったのだろうと。あいつは天寿を全うしたのだろうと。

「ねえ、これから時間ある？」

彼女の声に、聡志は顔を上げた。

「どうして？」

「ちょっと、部屋、行ってもいい？」

彼女が上目遣いに聡志を見ていた。その目を見れば、部屋で何をするつもりでいるのかはすぐにわかった。ふしだらなわけではないのだろう。彼女はただ、自分の容量を超えた部分を今のうちに聡志に預けてしまおうと考えているだけだ。

「悪いけど、ちょっと用事があるんだ」

「そう」

彼女が気まずそうに視線を外した。どうやって立ち上がるか。あるいはどうやって相手を立ち上がらせるか。互いにそれを考えるような間《ま》があった。彼女の携帯がメールの着信を告げた。ホッとしたように、黒いハンドバッグを探った彼女が、携帯の画面を見て眉をひそめた。

「ラスト……」

「何？」

「あ、ううん。悪戯みたい。変なファイルが添付されてるし。今時、こんなの、無防備に開ける人いないよね」

「ひょっとして、ラスト・ビーイングってタイトル？」

「あ、うん。そう。知ってるの？」

「最近、やたらと出回っているらしいよ。ファイルを開くと、その端末のアドレス帳に登録されている人に、同じメールが一斉送信される」

「最悪」

　意味のない悪戯メールも、この場を仕切る役には立った。彼女は携帯をハンドバッグにしまうと、それをうまくきっかけにして、椅子から立ち上がった。

「それじゃ、行くね。また大学で」

「ああ。就活、頑張って」

「そうね。彼の分まで頑張る」

　小さく微笑んで、彼女が店を出て行った。十分な時間をおいて、聡志も店を出た。借りているマンションにたどり着く直前に、ポケットの中の携帯が震えた。取り出してみると、メールを受信していた。差出人はもう一年以上、言葉を交わした覚えのない大学の同級生だった。メールの件名を見て、聡志は苦笑した。

『LAST　BEING』

「あの馬鹿。開けたのかよ」

ウィルスメールは、どうやらかなりのスピードで広がっているようだ。ファイルを開ける動作でメールの一斉送信というアクションを起こすのだが、添付されたファイルそのものも、かなり怪しげなデータだという。パソコンに移し、慎重にウィルスを駆除してから開いてみたという理工学部の同級生から、そんな話を聞いた。

「どうやら人工ウィルスの設計図らしいんだ。感染すると重篤な自己免疫疾患を引き起こすウィルスみたいなんだけど」

「ウィルスって、コンピューターウィルスじゃなくて、本物のウィルス？」

「ああ。ただ、肝心なところがぼかされていて、本物かどうかはわからない」

「そんなファイルを何でばらまくんだ？」

「わからないけど、俺の目にはクイズに見えたよ。穴埋め問題を解いて、設計図を完成させ、このウィルスを作ってごらんなさいって。実際、医学部のイカれた連中が、チームを作って解きにかかっているらしいぜ」

「暇だな、医学部」

「おかしなやつ、多いしな。そういや」と彼は笑った。「この設計図からウィルス本体を作るのは難しいけど、ワクチンなら作れそうだって。ひょっとして、このメールの作成者って、ワクチンを作るように勧めてるのかな」

「ワクチンだけ作ってどうするよ。本体はすでにあるのが前提?」

「そう」

「重篤な自己免疫疾患を引き起こす、人工ウィルス?」

「うん。本当にあったら、どうする?」

「笑う」

「だよな」

そんな会話を思い出しながら、ファイルは開かずにメールを削除し、聡志はもう一度携帯をチェックした。メールも電話も、他に着信はなかった。

思わずため息をついていた。

碧。

彼女がいなくなって、もうひと月以上が過ぎていた。電話番号もメールアドレスも教えていない。それなのに、彼女からの連絡をどこかで期待している自分がいた。

マンションの廊下で、聡志は足を止めた。自分の部屋の前に知らない男が立っている。

整った顔をした男だった。自分より、少し年上だろう。

足を止めた聡志に、彼が気づいた。特段、表情を和らげることも、険しくすることもなく、淡々とした表情で近づいてくる。聡志の前で足を止め、黙って小さな紙袋を差し出した。思わず受け取り、その中にあるものを見て、聡志は、あ、と声を上げた。タヌキの顔の手拭い。あの夜、洗濯して返すと、碧が持っていって、それきりになっていたものだった。かなり頑張って洗濯したのだろうが、それでも落ちきらなかった血が、ごく薄い染みになって残っていた。

聡志は紙袋を確認した。このマンションの住所と聡志の名前が書かれていた。封をして郵便で送るつもりだったが、気が変わって彼に託した。そういうことらしかった。

「君でいいみたいだね。確かに、渡したよ」

それだけ言って歩き出した男に、聡志は声をかけた。

「あの、彼女は」

足を止めて、男が振り返った。

「これを持っていた彼女は、今、どこにいるんです?」

「悪いけど、わからない。それを渡すように頼まれただけだから」

体を戻した男は、いったん歩き出しかけてから、再び聡志を振り返った。

「立ち入ったことを聞くようだけど」と男は遠慮がちに言った。「誰か亡くなったの?」

「あ、ええ。大学の友達が」

「まだ若いだろうに。病気？」

最近、近しい人を亡くしたのかもしれない。感情のこもった声だった。

自殺です、と答えかけ、その言葉はやはり聡志にはしっくりこなかった。

「何ていうか、寿命です」

「寿命？」

男が訝しそうに眉を寄せた。そんな表情さえどこか絵になる男だった。

「あの、たとえば、泳げない人間が、深い海に放り込まれたとしますよね」

「うん？」

「生きていられるのは、せいぜい数分でしょう。その環境の中で、その人の寿命は数分だった。そういう意味で、寿命です。この社会ではきっと、あいつはこれ以上は生きられなかった。そう思うんです」

歩く先と聡志とを見比べて、しばらく迷い、男はもう少し話をする気になったようだ。

「君は、自分があとどれくらい生きると思う？」

「さあ、どうでしょう。でも、死ぬのはまだしばらく先ですよ。僕はあいつより、ずっと図々《ずうずう》しいから」

「寿命までは生きられる。そんな平和な時代がいつまでも続くと？」

その言い方に、軽い反発を覚えた。

「平和な時代って、それじゃ、戦争でも起きますか？　相手はどこです？　ナンセンスですよ」

彼はふっと笑った。つかつかと聡志のもとに戻ってくると、手を伸ばして、聡志の二の腕の辺りをつかんだ。強い力だった。痛みに顔をしかめた聡志に構わず、彼は聡志の耳もとに口を寄せた。

「よく聞け、人間」

囁きなのに、重い声だった。

「頭を空にして、目を凝らせ。耳を澄ませ。気配を感じ取れ。襲ってくる爪をかいくぐって、生き抜いて見せろ。知恵を絞れば、手段は必ずあるはずだ」

「何です？」

ぎょっとして体を引いた聡志に、彼は笑って見せた。

「人類への伝言だよ」

「伝言って、誰から？」

きびすを返した男は、もう振り返ることなく歩き去っていった。聡志は茫然とその背中を見送った。

ラジオのニュースが、最近、巷《ちまた》で流行しているというウィルスメールについて報じていた。

「ラスト・ビーイング。これって、ヒデが流したのかしら？」

　後ろの席から沙耶が声を上げた。

「そうだろうね」と僕は頷いた。

「っていうことは、やっぱり、学は死んだのかな？」

「どうかな。死んだのかもしれないし、死にかけているのかもしれないし、どうせいつかは死ぬんだからってことなのかもしれない。わからないよ。それより、良介、大丈夫か？」

　僕はバックミラー越しに良介に聞いた。何を聞かれているのかわからない、という顔で、良介がコクコクと頷く。

「だったら、少し会話に参加してくれ。酔ったのかと思うじゃないか」

「あ、ごめん」と良介が言った。

　ラジオのニュースのトピックが変わった。先月起きた、自衛隊演習地での地盤陥没事故について、事故調査委員会の報告を伝えていた。これで何度目の報告になるか。防衛副大臣の命を奪ったその事故が、中国人テロリストの仕業だという話は根強く噂されていた。そんなものは根拠のないただのデマであると、防衛省も、調査委員会も繰り返し述べていた。

「替えていい？」

「ああ、いいよ」

隆二が助手席から手を伸ばし、ラジオのチューナーをいじった。やがて軽快なポップスが流れ始めた。晴れた空のもと、色づきはじめた山を眺めながら車を走らせるのは気分がよかった。開けた窓からは、さわやかな風が入り、川のせせらぎが聞こえてくる。メーターを見ると、家を出てから、もう三〇〇キロ以上走っている。

T字路にぶつかり、僕は車を停めた。幸い、後ろからくる車もない。

「ああ、どっちへ行こう。左へ行くと海。右へ行くと山」

「理想的なのは自給自足でしょ？」と隆二が言った。

「まあ、完全には難しいだろうけど、なるべく自立できる環境のほうがいい」

ウィルスが拡散したとき、世界がどうなるか、僕には想像もつかなかった。けれど、僕にしてみれば、沙耶や隆二や良介を死なせるわけにはいかないし、沙耶や隆二にしてみれば、育ててくれた玄馬さん夫妻や秋山《あきやま》さん夫妻にも生き延びて欲しいと願うのは当然のことだ。死んだ大曾根のことも慮《おもんぱか》ってやるのなら娘の悠里も助けてやりたいし、井原やその仲間を見殺しにするわけにもいかないだろう。結局僕らは、事実を知る数少ない者として、人類に対して責任を負ったのだ。いざというとき、人類が足がかりにできるようなコミュニティーを構築し、それを世界中に増やしていく。それが今の僕らの目標だった。井原も部下とともに動いてくれている。渡瀬が政界に残した木偶人形たちも使えないかどうか、検討しているところだった。困難で厄介な仕事ではあるけれど、あのときアゲハを見逃すべきではなかったとは今でも思わない。

「じゃ、海。魚釣って暮らそうよ」と隆二が言った。

「ええ？　だったら山でしょ？　畑を作って、魚は川で釣るの。最悪、猪《いのしし》でも狩って暮らせば、まあ、死にはしないんじゃない？」

「え？　そこまでハードな設定？」と隆二が悲鳴を上げる。

「まあ、まあ、様子を見ながら、適当に」と僕は笑った。「良介はどっちがいい？」

「僕は」

良介は沙耶と隆二を見比べ、ここは強いほうについたほうがいいと判断したらしい。

「山」

だよねえ、と沙耶が良介の頭を撫で、ええ、と隆二が不満の声を上げた。

「了解」

僕はハンドルを切ると、そちらに向けてアクセルを踏み込んだ。

集英社文庫

ストレイヤーズ・クロニクル　ACT-3

2015年5月25日　第1刷　　定価はカバーに表示してあります。

著　者　本多《ほんだ》孝好《たかよし》

発行者　加藤　潤

発行所　株式会社 集英社

東京都千代田区一ツ橋2-5-10　〒101-8050

電話　【編集部】03-3230-6095

【読者係】03-3230-6080

【販売部】03-3230-6393(書店専用)

印　刷　凸版印刷株式会社

製　本　凸版印刷株式会社

フォーマットデザイン　アリヤマデザインストア　　マークデザイン　居山浩二

ISBN978-4-08-745315-7 C0193